DENIS LEDOGAR

SEUL L'AMOUR FRACASSE LES TOMBEAUX

Préface de Bernard Kouchner

PRESSES
DE LA
RENAISSANCE

Ouvrage réalisé
sous la direction éditoriale d'Alain Noël
et la collaboration d'Isabelle Siri

Si vous souhaitez être tenu(e)
au courant de nos publications,
envoyez vos nom et adresse, en citant ce livre,
aux Éditions des Presses de la Renaissance,
12, avenue d'Italie, 75013 Paris.
Et, pour le Canada,
à INTERFORUM Canada inc.,
1050, bd René-Lévesque Est,
Bureau 100,
H2L 2L6 Montréal, Québec.

Consultez notre site Internet :
www.presses-renaissance.fr

ISBN 2.7509.0093.X

À tous les membres de l'équipe de l'aumônerie de Hautepierre. Ils sont présents aux côtés de ceux qui souffrent, ils ouvrent leurs yeux sur ceux qui vont les fermer. Ils réveillent leur souffle de vie pour l'offrir à leurs proches.

À ceux qui ont déjà franchi la porte. Ils restent chers à mon cœur.

Préface

C'est une perception humaniste du monde qui m'a poussé à faire le choix de la médecine, puis de la politique. Et c'est cette même perception qui me conduit à vous présenter ce livre. Un texte étonnamment humain pour traiter du sujet si délicat qu'est l'accompagnement en fin de vie. Car alors que notre société ne cesse de vieillir, ré-humaniser cette étape douloureuse me semble une nécessité.

Autrefois, la mort faisait pour ainsi dire partie de l'existence. On mourrait chez soi, entouré de sa famille, de ses proches. C'était comme ça. Il fallait un jour s'en aller. Mais notre société a évolué, elle est, entre autres, plus individualiste. Et une des conséquences de cette attitude générale est que la mort est devenue un sujet gênant, tabou presque.

La question, éthique, est en effet difficile à soulever, mettant en jeu trop d'affectif, de croyances.

Aujourd'hui, les personnes âgées, de plus en plus nombreuses, finissent le plus souvent leur vie en maisons de retraite ou médicalisées, loin de leurs familles qui ne peuvent leur rendre visite que trop rarement.

C'est pourquoi l'action, ou plutôt la parole, de Denis Ledogar est si importante. Il est de ceux qui osent parler aux personnes en fin de vie qui se sentent souvent démunies face à la mort, mais aussi à leur entourage, désemparé face à cet angoissant voyage vers l'inconnu.

Avant d'être prêtre, Denis Ledogar a été infirmier anesthésiste. Son premier contact avec la souffrance et la mort s'est donc fait sous un jour plutôt pragmatique. Puis il a été nommé aumônier d'un grand hôpital de Strasbourg. Là-bas, on l'a rapidement surnommé le « Père la Tendresse ». C'est là qu'il a réellement compris qu'aucun traitement médical n'est capable de remplacer une présence.

Cela fait maintenant vingt années que ce prêtre assomptionniste, rayonnant et généreux, sillonne les couloirs de l'hôpital de Hautepierre pour apporter un peu de réconfort à ceux qui en ont besoin, pour leur permettre de partir plus facilement, en laissant de côté remords et regrets. Il écoute et soulage aussi les familles, les amis qui ne savent quelle attitude adopter face à l'être aimé qui souffre et les laissera seuls face à leurs propres peurs.

Son livre, recueil de ces mots qu'il sait toujours trouver pour apaiser, recèle également des témoignages bouleversants, de ceux qui, à l'approche de la mort, libèrent enfin leur parole, pour s'en aller en paix. L'exemple de Denis Ledogar se révèle riche d'enseignement, un enseignement où l'amour prime sur tout, pour aider chacun à vivre sa vie pleinement, jusqu'au bout.

Bernard KOUCHNER

« Il n'y a pour l'homme que trois événements : naître,
vivre et mourir. Il ne se sent pas naître, il souffre
à mourir, et il oublie de vivre. »

La Bruyère

« Mais qu'y a-t-il derrière la porte
Et qui m'attend déjà
Ange ou démon qu'importe
Au-devant de la porte il y a toi. »

Jacques Brel, *La Mort*

« Chaque mort étonne ou scandalise, comme si
elle était la première. »

Vladimir Jankélévitch

Avant toute chose...

Souvent, quand les gens me rencontrent en dehors de l'hôpital et qu'ils ont connaissance de mon ministère de prêtre et de mon activité d'accompagnant de malades et de personnes en fin de vie, ils ont une attitude étrange envers moi...

Il y a ceux qui ont une sorte d'attraction, de fascination, voire d'admiration, comme si le fait de côtoyer quotidiennement la mort me conférait une dimension autre, un savoir mystérieux. Les questions posées ou qui affleurent dans la conversation sont souvent les mêmes : est-ce qu'approcher aussi près d'un si grand mystère aide à sa compréhension ? Ai-je moi-même apprivoisé cette idée de la mort ? Ma foi me donne-t-elle des réponses ?

Étant d'un naturel liant, j'aime parler, partager et, pourtant, il m'arrive de devoir apprivoiser certaines personnes. Eh oui, je ne suis pas du genre à parler de la mort entre le fromage et le dessert, mais pourtant quelques-uns ont un instant de recul. Je sens une sorte de peur diffuse. Comme si le simple fait de se trouver en ma présence les obligeait à se rappeler ce que nos sociétés modernes cherchent à oublier à tout prix : que notre passage sur terre n'est que temporaire, que la mort est le dénouement inéluctable pour chaque être vivant.

Un des propos de ce livre est d'aborder avec sérénité ce délicat sujet de l'accompagnement de la personne en fin de vie et donc de parler de la mort.

Il est fascinant de voir combien les êtres humains ont inventé, dans toutes les langues, d'expressions et de périphrases pour éviter d'employer ce mot : mort.

On dit : décès, trépas, fin de vie, repos éternel, dernier voyage, dernier jour, dernier sommeil, nuit éternelle, la Camarde, la Faucheuse… Et je vous épargne ici tous les termes imagés qui existent dans ma langue natale, l'alsacien !

Dans les avis nécrologiques, on lit rarement « monsieur X est mort », on préfère avoir recours à des expressions et des phrases vagues : « il nous a quittés », « il s'est éteint », « il est parti », « il a laissé sa famille avec son souvenir »… J'arrête là une liste très longue. Il suffit, semble-t-il, de ne pas employer le mot « mort » pour que s'éloigne, encore une fois, jusqu'à l'idée de sa réalité. Et, rassurez-vous, vous ne « trouverez pas la mort » en lisant ce livre !

Je ne connais pas la mort. Non, je vais simplement jusqu'au bout de ce côté, celui de la vie. J'accompagne jusqu'au seuil de l'infranchissable. « Pas si simple ! » pensez-vous peut-être. Et pourtant, je vous l'affirme : si vous avez en vous beaucoup de tendresse, vous pouvez, vous aussi, faire de même. Vous l'avez peut-être d'ailleurs déjà fait pour des proches...

J'ai la foi, c'est un choix personnel, mais pour moi il est fondamental de respecter l'intégrité morale, spirituelle, philosophique, en un mot la sensibilité de chacun : les mourants et leur entourage. Et c'est en obéissant à cette règle que je peux, au mieux, apporter mon aide pour traverser ces instants, quelles que soient les convictions des personnes.

Ce livre n'a pas pour but de délivrer un message religieux quel qu'il soit. C'est le témoignage d'un vécu. Mon expérience est à la fois œcuménique et au-delà, puisqu'il m'arrive, maintes fois, d'être au chevet de gens qui ne se réclament d'aucune obédience, ou qui ne croient pas en Dieu.

Dans la chapelle œcuménique de l'hôpital de Hautepierre de Strasbourg, où je travaille, il y a une fresque peinte par Sylvie Lander, une artiste strasbourgeoise. Je vois cette œuvre plusieurs fois par jour, mais elle m'émeut toujours autant et, à chaque fois que je la contemple, j'y trouve une nouvelle dimension.

Cette amie peintre qui l'a réalisée lui a donné pour titre *Le Passage*. En son milieu, il y a une porte avec de chaque côté un archange. La porte symbolise le seuil de passage entre deux états, entre deux mondes : le connu et l'inconnu. Elle s'ouvre sur un mystère, mais elle a une valeur dynamique, psychologique. Non seulement elle indique un passage, mais elle invite l'humain à le franchir.

Dans les traditions chrétienne et juive, la porte a une immense importance, puisqu'elle donne accès à la révélation. C'est sur elle que viennent se refléter les harmonies de l'Univers. Franchir une porte, c'est changer de niveau, de milieu, de centre : c'est changer de vie. Elle invite à passer d'un état à un autre. Qu'on la traverse dans un sens ou dans l'autre, on accède à une nouvelle dimension. Ainsi peut-on voir la mort.

Dieu confie les missions les plus importantes à ses archanges : un ange veille sur un individu, un archange sur la destinée des peuples.

À gauche de cette porte, il y a l'archange saint Michel (de l'hébreu *mika El*, « pareil à Dieu »). La liturgie chrétienne lui donne trois attributions : il est le chef de la milice céleste, le ministre de l'autel et l'introducteur des âmes. Il est l'un des trois anges désignés par la Bible, avec Raphaël (de l'hébreu *repha El*, « Dieu guérit ») et Gabriel. Son nom apparaît dans le livre de Daniel où il est décrit comme l'ange protecteur et défenseur d'Israël. Dans l'Apocalypse de saint Jean, il est le chef des armées angéliques, celui qui s'oppose à Satan et le terrasse.

À droite, l'archange Raphaël symbolise la guérison et l'espérance. Le livre de Tobie dit : « Et le saint ange du Seigneur, Raphaël, fut envoyé pour les guérir l'un et l'autre, car leurs prières avaient été présentées en même temps devant le Seigneur. »

En fond de cette fresque, les couleurs d'un arc-en-ciel duquel naît le monde.

Chacun a bien sûr sa perception personnelle face à une œuvre d'art. Ce que m'évoque celle-ci est que nous sommes devant une porte que nous devrons tous franchir un jour…

Nul ne connaît ni le jour ni l'heure de sa mort. Nul ne sait ce qu'il y a derrière cette porte. C'est à chacun de trouver des éléments de réponse, en fonction de sa culture, ses traditions, ses croyances, ses espérances. On la franchit certes seul, mais jusqu'à son seuil, on peut et même on doit être accompagné. Pour ce voyage, il nous faut des protecteurs qui combattent éventuellement la maladie, nous protègent, nous redonnent espoir. Ces compagnons de route sont, dans le symbolisme, les archanges de la fresque de ma chapelle et, dans la réalité de mon quotidien, les familles, les proches, les soignants, les bénévoles, tous ceux qui accompagnent les personnes en fin de vie.

« Tout le monde est le premier à mourir » (Ionesco, **Le roi se meurt***)*

Je crois en Dieu et je crois aussi en l'homme. Chaque jour, grâce à mon engagement dans l'accompagnement des mourants, j'en apprends plus sur moi et sur mes frères d'humanité. Chaque accompagnement est une nouvelle histoire. Chaque malade, chaque famille est une individualité, à part unique et entière.

Ce livre n'est pas une approche définitive des questions autour de la fin de vie, mais seulement un témoignage de mes observations sur une période de vingt ans et des enseignements que je tire de ces multiples rencontres. C'est aussi un recueil d'émotions, celles que je ressens, toujours aussi fortes, à chaque nouvelle histoire qui s'écrit avec les malades et leur entourage.

Je ne suis pas un porte-parole, mais j'évoque ici quelques histoires rapportées par ceux qui, eux aussi, dans le cadre hospitalier ou ailleurs, font ce parcours ; les soignants, les bénévoles, et tout simplement l'entourage, qui, avec amour et compassion, manifestent ce que j'appelle l'humanité de Dieu.

Ces pages seront complètes et réussies quand chacun y aura apporté sa propre expérience…

Et pour apporter sa contribution à ce sujet, il faut accepter tout d'abord d'en parler. La mort ne doit pas être une question confinée au milieu médical ou à l'espace politique comme ce fut le cas, il y a quelques mois, lors des débats parlementaires concernant la loi sur l'accompagnement de la fin de vie.

Cette réflexion ne doit pas non plus intervenir « au pied du mur », quand on se retrouve dans la situation où l'on doit faire face à la disparition d'un proche ou à sa propre fin. Il faut pouvoir en parler avant.

Pour aborder la mort, il faut savoir d'abord parler de la vie. Il est nécessaire d'avoir réfléchi aux grandes questions : quel est le sens de ma vie ? Pourquoi et comment peut-on accepter que la mort soit inéluctable ? Pourquoi doit-on endurer la souffrance ?

Loin de moi l'idée de prétendre que l'on doit impérativement obtenir une réponse à ces interrogations. Mais il faudrait pouvoir les formuler, en parler autour de soi, ne pas hésiter à échanger avec d'autres personnes sa propre vision des choses.

Souvent, lorsque dans un cercle familial ou amical quelqu'un tente de lancer une discussion sur la mort, tout le monde l'interrompt. Peur, angoisse, superstition sont invoquées pour refuser cette simple évocation.

Il n'est pas sage de vivre sans accepter la perspective de sa propre fin. Accepter sa mortalité ne signifie pas renoncer à la vie, mais au contraire la vivre intensément parce qu'elle a une fin terrestre certaine.

Éviter cette grande question qui hante notre inconscient collectif ne lui enlève rien de sa réalité. C'est peut-être par le partage de ces interrogations avec d'autres que la mort deviendra moins étrangère. Au cours de telles discussions, on gardera l'esprit ouvert et l'on veillera à ne pas imposer ses propres valeurs philosophiques ou spirituelles : c'est à chacun de trouver ses propres réponses.

J'ai accompagné des gens qui n'avaient eu, leur vie durant, aucune pratique religieuse, ni même aucune croyance, mais qui, au seuil de la mort, s'engouffraient dans la religion, pensant que la foi pouvait adoucir leurs craintes et leur angoisse. Certains basculaient même dans l'ésotérisme, espérant trouver des certitudes là où les grands courants spirituels ne proposent que foi et espérance.

De la même manière, j'ai vu des gens qui toute leur vie avaient baigné dans la religion, mais qui, à l'approche de la fin, ne recherchaient plus les réponses à leurs souffrances et leurs peurs dans le spirituel.

Je me souviens, en écrivant ces lignes, d'un ami, un prêtre brillant, qui avait consacré toute son existence à de grandes réflexions religieuses sur le sens de la mort. Il avait notamment publié de magnifiques homélies sur la résurrection. Pourtant, alors qu'il était atteint d'un cancer au stade terminal, il refusait jusqu'à l'évocation de sa mort. Alors que je tentais de lui parler de sa fin prochaine, il s'était dressé sur son lit et m'avait dit : « Denis, si tu veux bien, parlons de tout, mais pas de la mort. »

À l'époque, j'étais tout jeune et je ne m'étais pas risqué à formuler ce que je pense très sincèrement aujourd'hui : il faut oser parler de la mort.

Seul l'amour…

L'écoute, le partage sont des valeurs que certains méprisent car ils les trouvent trop idéalistes pour une société qui prône l'individualisme comme la marque d'une supériorité. L'amour, la tendresse et la compassion deviennent, malheureusement, des vertus secondaires dans un univers qui semble dominé par le matérialisme. Un monde occidental qui, de manière paradoxale, se passionne – et j'emploie ce mot à dessein, car les débats sont souvent passionnels – pour la question : quel est le sens de la vie ? Cette frénésie ne cacherait-elle pas la vraie question dont nous voudrions tous avoir la réponse : la mort a-t-elle un sens ?

Les récentes avancées législatives concernant la façon d'aborder la fin de vie, découlant de débats très enflammés, ont montré que le « grand public » et les politiques semblent découvrir une problématique que côtoie depuis longtemps le milieu médical.

Dans la morale d'une de ses fables, « Les animaux malades de la peste », La Fontaine écrivit :

« Selon que vous serez puissant ou misérable, les jugements de cour vous rendront blanc ou noir… » Or justement, il est des instants où, puissant ou misérable, on ne peut plus tricher : ce sont ceux de l'approche de la fin de vie.

Plus de faux-fuyants possibles pour tous les acteurs de ces moments : les mourants, les familles, l'entourage amical, médical. L'amour, la tendresse, l'écoute, le partage, la compassion, tous ces mots reprennent alors du sens, leur vrai sens.

Longtemps, ma formation professionnelle d'infirmier spécialisé en anesthésie et réanimation a fait de moi un technicien de la vie. Il fallait la maintenir à tout prix, ne pas se poser de questions.

Puis, j'ai pris conscience d'une autre dimension. Mes aspirations spirituelles et mon engagement dans la prêtrise il y a vingt ans de cela m'ont fait aborder la problématique de la vie et de la mort sans le filet rassurant de la technique médicale. J'ai enfin pu me laisser aller pleinement à l'élan de tendresse que m'inspirait déjà chaque malade qui était sous ma responsabilité, quand je n'étais encore qu'infirmier.

En choisissant d'accompagner des patients, dont certains risquent de mourir, en tant qu'aumônier au sein du grand centre hospitalier de Hautepierre à Strasbourg, j'ai eu la chance de pouvoir faire concrètement la synthèse de toutes mes expériences. Dans mon approche, j'intègre le versant technique, c'est-à-dire l'état médical de la personne, mais s'y rajoute aussi la dimension humaine et spirituelle. Je tiens d'ailleurs à souligner que le personnel hospitalier ne néglige pas, loin de là – et vous en trouverez des exemples dans ces pages –, l'aspect humain. Mais la technicité et la précision des gestes que les soignants doivent accomplir pour soulager les malades, conjuguées à des conditions de travail souvent difficiles psychologiquement et matériellement, font qu'ils n'ont parfois pas l'occasion de mettre en avant cette dimension.

Au fil des ans, j'ai côtoyé dans mon exercice des personnes de tous âges, d'origines sociales variées, de religions différentes ou même sans croyances spécifiques. J'en suis arrivé à cette constatation : nous ressentons tous le besoin d'être accompagnés dans nos derniers instants, quels que soient l'âge, le sexe ou la catégorie sociale, et quelle que soit aussi la place accordée à la spiritualité durant son existence.

Je me suis ainsi rendu compte, au fil des ans, que ce bout de chemin partagé avec des grands malades, des personnes en fin de vie et leur entourage suivait sept grandes étapes. Sept comme les sept paroles du Christ en croix, qui ouvrent les chapitres de ce livre, ou comme les sept couleurs de l'arc-en-ciel qui sont les mêmes pour tous les humains…

Sept quêtes, sept attentes, auxquelles on peut répondre simplement avec de l'écoute, de la tendresse et beaucoup d'amour.

La première est la quête de pardon, à soi et aux autres, la « mise en règle de ses affaires ».

En deuxième intervient la quête de relation. C'est à cette étape que la personne mourante s'interroge sur ses liens avec les autres.

En troisième arrive la quête de la famille et des proches. C'est le moment où l'on redoute plus le chagrin de ceux qui restent que sa propre disparition.

La quête d'humanité est une étape importante. Elle nécessite de se préoccuper de la souffrance physique pour pouvoir ensuite répondre aux éventuelles attentes spirituelles.

S'ensuit la quête de présence dans l'angoisse et la détresse. Elle requiert à la fois de l'écoute, mais aussi une énorme disponibilité intérieure de la part des « accompagnants ».

Sixième étape, la quête de relecture de la vie, où l'on doit aider la personne qui va mourir à redonner ou même parfois à donner du sens à chaque acte de son existence, même le plus humble.

Et enfin la septième, et ultime, est la quête d'accomplissement. C'est le temps où tous ceux qui assistent et entourent la personne peuvent l'aider à comprendre qu'elle a « accompli » sa vie, pour lui permettre de partir.

Je vous propose de suivre avec moi cet émouvant voyage, étape par étape, afin de comprendre, comme je l'ai compris moi-même, qu'aux instants ultimes de notre existence, et même une fois la dernière porte franchie, seul l'amour fracasse les tombeaux…

Les quêtes de saint Paul

Pour entrouvrir ces pages, j'aimerais partager avec vous l'histoire de la rencontre de saint Paul et saint Antoine racontée par saint Jérôme au IVe siècle.

Saint Antoine est communément considéré comme l'un des tout premiers ermites ayant embrassé une vie solitaire, en quête de Dieu. Le seul qui puisse lui disputer son statut de premier ermite du désert est saint Paul, dit Paul le Thébéen.

La vie de saint Antoine a été l'objet d'abondants récits, tant en grec qu'en latin. Saint Paul n'eut qu'un seul biographe : saint Jérôme.

Au IIIe siècle après J.-C., du temps des empereurs Decius et Valérien, les chrétiens d'Égypte et de Thébaïde étaient l'objet de persécutions. Paul, jeune chrétien de quinze ans, orphelin d'une riche famille, s'enfuit alors dans les déserts des montagnes pour y attendre que la persécution cesse. Il restera des décennies loin de tout autre être humain. Dieu l'avait guidé vers une anfractuosité qui cachait d'anciennes constructions, il y trouva de quoi se loger et une source. Le Seigneur pourvoyait également à ses besoins quotidiens, en lui envoyant un oiseau qui lui apportait du pain pour le nourrir.

Paul était âgé de cent treize ans quand un autre ermite, Antoine, lui rendit visite. Ce dernier, âgé de quatre-vingt-dix ans, pensait avec orgueil que nul autre que lui n'avait passé autant de temps dans le désert à prier. Pourtant, une nuit, lui avait été révélée en songe l'existence d'un autre ermite, meilleur que lui. Dans ce rêve, Dieu lui avait fait comprendre qu'il devait, sans tarder, aller à sa rencontre.

Il décide, au matin, de partir à sa recherche. Après trois jours de voyage dans la solitude du désert, il atteint enfin son but. Paul l'ayant entendu arriver, refuse d'abord de lui ouvrir sa porte. Mais Antoine, tenace, ne veut pas repartir et, après quelques palabres, Paul finit par le laisser rompre sa longue solitude.

Saint Jérôme rapporte ainsi les paroles de Paul : « Voici celui que vous avez cherché avec tant de peine, et dont le corps flétri de vieillesse est couvert par des cheveux blancs tout pleins de crasse ; voici cet homme qui est sur le point d'être réduit en poussière ; mais, puisque la charité ne trouve rien de difficile, dites-moi, je vous supplie, comment va le monde : fait-on de nouveaux bâtiments dans les anciennes villes ? Qui est celui qui règne aujourd'hui ? Et se trouve-t-il encore des hommes si aveuglés d'erreur que d'adorer les démons ? »

Les deux hommes passent toute la nuit à discuter et à prier. Le jour venu, Paul dit à Antoine : « Il y a longtemps, mon frère, que je savais votre séjour en ce désert ; il y a longtemps que Dieu m'avait promis que vous emploieriez comme moi votre vie à son service ; mais parce que l'heure de mon heureux sommeil est arrivé, et qu'ayant toujours désiré avec ardeur d'être délivré de ce corps mortel pour m'unir à Jésus-Christ, il ne me reste plus, après avoir achevé ma course, que de recevoir la couronne de justice, notre Seigneur vous a envoyé pour couvrir de terre ce pauvre corps, ou, pour mieux dire, pour rendre la terre à la terre. »

Antoine, fondant en larmes, conjure alors Paul de ne pas l'abandonner. Il va même jusqu'à souhaiter mourir avec lui. Mais Paul lui explique que cette volonté ne doit pas s'accomplir : « Vous ne devez pas désirer ce qui vous est plus avantageux, mais ce qui est plus utile à votre prochain : il n'y a point de doute que ce ne vous fût un extrême bonheur d'être déchargé du fardeau ennuyeux de cette chair pour suivre l'agneau sans tache, mais il importe au bien de vos frères d'être encore instruits par votre exemple. Ainsi, si ce ne vous est point trop d'incommodité, je vous supplie d'aller quérir le manteau que l'évêque Athanase vous donna, et de me l'apporter pour m'ensevelir. »

Une bien étrange requête venant d'un homme qui vivait depuis des décennies simplement revêtu de feuilles de palmes ! Son biographe explique qu'en fait, Paul ne se souciait pas réellement que son corps fût enseveli dans un manteau. Mais, pour aller chercher le vêtement, Antoine était obligé de s'éloigner et Paul pensait qu'ainsi, son ami ressentirait avec moins de violence la douleur de sa mort.

Antoine le quitte pour remplir sa mission. Et aussitôt le manteau trouvé, il repart très vite, car il craint que Paul ne meure durant son absence. En chemin, il a une vision de Paul montant au ciel.

Et quand il regagne enfin l'ermitage, il trouve Paul mort, en position de prière. Il sort alors son corps à l'extérieur et, après avoir chanté des hymnes et des psaumes selon la tradition, il décide d'ensevelir le corps du défunt. Mais il s'aperçoit qu'il n'a que ses mains pour creuser la terre aride. Alors qu'il réfléchit, deux lions surgissent du désert et commencent à gratter le sol avec leurs griffes, creusant une fosse capable de recevoir le corps d'un homme. Antoine peut enfin enterrer Paul selon la coutume de l'Église. Mais, avant de l'ensevelir, il prend la tunique de palme de Paul dans l'intention de s'en revêtir, par la suite, pour les grandes occasions.

Cette histoire de saint Paul et saint Antoine, racontée de manière imagée, est signifiante à bien des titres.

Tout solitaire qu'il ait été pendant des décennies, Paul aussi, à l'heure de son départ, avait franchi ces étapes que j'observe si souvent.

Antoine voit son orgueil absous quand Paul lui ouvre sa porte et son cœur. La quête du pardon accordé est réalisée.

Paul, grâce à Antoine, a mis « en règle ses affaires » en lui racontant ce qu'il avait fait tout au long de sa vie et la manière dont il avait vécu dans ce désert.

La quête de relation est accomplie quand Paul demande à Antoine des nouvelles du monde.

Paul s'est aussi inquiété du chagrin de celui qui allait rester, plus que de sa propre disparition. Il éloigne volontairement Antoine, en l'envoyant chercher le manteau d'Athanase, pour lui éviter d'assister à son agonie.

Dans sa quête d'humanité, Paul s'est préoccupé des conditions matérielles dans lesquelles il allait mourir. Lui, l'ermite ayant pourtant vécu dans un total dénuement, entièrement tourné vers Dieu, souhaitait que sa dépouille soit traitée dignement.

Sa quête d'accomplissement fut totale.

Cette histoire nous parle aussi de l'importance des rites funéraires et du souvenir des défunts, questions que nous aborderons en fin d'ouvrage.

Chapitre premier

La couleur du pardon

« Père, pardonne-leur,
ils ne savent pas ce qu'ils font. »
(Lc 23, 34)

C'est une des paroles du Christ en croix et c'est aussi la première couleur de notre arc-en-ciel d'émotion.

La personne en fin de vie est en quête de pardon : celui que l'on accorde aux autres et celui que l'on recherche pour soi. C'est le moment où « les pendules se remettent à l'heure », ce sont les instants où l'on ne peut plus tricher…

Gaston et le pardon de Dieu

Un matin, une infirmière du service de chirurgie digestive vint me dire qu'un patient réclamait la présence d'un prêtre à son chevet. Elle me précisa que ce malade, Gaston, opéré d'un cancer, était très affaibli. Je venais de rentrer d'un séjour de deux semaines passé en compagnie de mon jeune frère et je n'avais donc pas encore eu l'occasion de faire la connaissance de Gaston.

J'allais à la rencontre d'un homme dont je ne savais rien. Et j'étais loin d'imaginer que ce serait auprès de moi qu'il allait se libérer du poids d'un lourd secret.

— Je suis l'aumônier et je viens vous rendre visite, comme vous en avez exprimé le souhait.

Gaston bien qu'affaibli était pleinement lucide. Il s'étonna d'emblée de mon jeune âge. Il faut préciser que j'avais à l'époque une quinzaine d'années de moins.

— Ah ! oui. J'avais dit que je voulais voir un prêtre. Mais je ne m'attendais pas à voir quelqu'un d'aussi jeune… Êtes-vous réellement prêtre ?

Le rassurer sur mon état fut prétexte à détendre l'atmosphère. Je lui donnai même, en plaisantant, la date de mon ordination en la cathédrale de Strasbourg, en précisant que l'évêque en personne m'avait confié la responsabilité que j'occupais. Mais il semblait encore hésitant et c'est sur un ton un peu moqueur qu'il poursuivit :

— Et l'on vous a nommé d'emblée aumônier d'hôpital ? Mais qu'est-ce qu'on peut bien comprendre à la souffrance quand on est aussi jeune ? Vous croyez vraiment être à votre place ? À votre âge, on n'a pas de grande expérience dans ce domaine.

— Je comprends ce que vous voulez dire. Mais ne pensez-vous pas que vous devriez me parler de la raison de votre souhait de voir un prêtre ?

— Oh ! je ne pense rien... Quand j'avais votre âge, j'étais aussi plein d'élan, je rêvais de construire ma vie en fonction d'un idéal noble, mais entre le désir et la réalité... Excusez-moi, ça ne va pas.

Une vague de souffrance brisait son élan. Mais je sentais que ce n'était pas seulement une douleur physique. Il y avait autre chose. Comme si le fait de parler de ses idéaux de jeunesse le bouleversait.

— Vous avez dû beaucoup souffrir dans votre vie...

Son regard brouillé redevint soudain très vif.

— Pour quelle raison dites-vous cela ? Vous ne pouvez pas comprendre... Vous êtes trop jeune !

Instinctivement, je m'assis alors sur son lit pour réduire la distance entre nous.

— Vous préférez que je vous laisse seul ? Peut-être aimeriez-vous rencontrer un prêtre plus âgé ?

— La souffrance physique m'importe peu aujourd'hui, et même la maladie et la perspective de la mort ne me font pas peur. Mais je souffre d'un autre mal, incurable. Et pour celui-là, personne ne peut rien faire pour moi... Excusez-moi de vous avoir fait venir inutilement, je ne veux pas vous importuner plus longtemps...

À cet instant de notre dialogue, tout pouvait basculer. Je sentais Gaston se renfermer dans sa douleur, prêt à rompre le contact.

— Je ne suis pas à votre place, mais je suis à vos côtés, et j'aimerais porter un tout petit bout de votre souffrance.

Je mets ma main sur son épaule, m'apprêtant à partir, quand il m'agrippe soudain le poignet.

— Vous ne savez pas ce que vous dites, personne ne peut endosser cette souffrance-là. Je porte une lourde responsabilité quant à la mort d'un certain nombre de juifs durant la dernière guerre. Vu votre âge, vous ne connaissez rien de cette sinistre période…

Les mots semblaient se bousculer, le ton était de nouveau vif.

— J'avais à l'époque un poste important dans l'administration et j'ai signé de ma propre main l'ordre d'arrestation de juifs. J'ai collaboré au gouvernement de Vichy. Je ne me rendais pas compte à l'époque de ce que je faisais. Je sais bien que si je n'avais pas signé, d'autres l'auraient fait, mais je n'ai aucune circonstance atténuante. Après la guerre, j'ai été réintégré dans le même service de la préfecture, mais à un rang bien inférieur. Les enquêtes entreprises avaient révélé que mes agissements n'étaient pas pires que ceux d'autres collègues, travaillant comme moi dans l'administration. Nous étions nombreux à avoir été aveugles et lâches… Aujourd'hui je regrette amèrement mes actes.

Après m'avoir dit tout cela, il semblait prostré.

— Avez-vous déjà pu discuter de tout cela avec quelqu'un de confiance ?

Après un long silence, il me répondit :

— Je me suis déjà confessé, mais je n'ai jamais pu en parler car j'ai l'impression que Dieu ne me pardonnera jamais.

Cet homme réclamait le pardon de Dieu depuis des années et, bien qu'il se fût confessé de nombreuses fois, il n'était toujours pas en paix avec lui-même car il n'avait jamais dit ce qui était pour lui son pire péché.

— Je ne peux effacer mon passé...

Cet acte de confession prenait, alors qu'il savait vivre ses derniers instants, une tout autre dimension.

— Vous ne pouvez certes pas effacer votre passé, vous ne parvenez pas, de toute évidence, à vous pardonner vos actes. Mais Dieu le peut. Souhaitez-vous le pardon du Seigneur ?

— Oh ! oui !

Je lui donnai alors le sacrement de réconciliation. Il semblait apaisé et, avant que je ne quitte sa chambre, il me dit :

— Merci de m'avoir permis de vous raconter tout cela.

Gaston voulait qu'on lui pardonne et, pour lui, ce pardon passait par l'absolution, que l'on accorde en fin de confession.

Mais, même quand ce sacrement n'est pas expressément demandé, toutes les personnes en fin de vie ont besoin de « mettre leurs affaires en règle ». Pour cet homme, c'était une nécessité de se libérer par rapport à un acte grave, ayant impliqué la vie d'autrui, et, pour lui, seule la confession auprès d'un prêtre assouvissait sa quête de pardon.

Michel, le pardon des autres

Il arrive aussi que cette quête de pardon se manifeste pour des histoires plus anodines en apparence, mais qui deviennent obsédantes pour une personne au terme de son existence. C'est parfois un détail dans le parcours d'une vie qui prend une importance démesurée alors que l'on est dans l'espace confiné d'une chambre d'hôpital.

Michel m'a expliqué un jour, alors que j'étais assis à son chevet et que nous bavardions, qu'il avait, plus de dix ans auparavant, profité d'une situation pour humilier un de ses collègues. Lors d'une réunion de travail, Michel avait pointé du doigt un oubli de cet homme ; une négligence qui avait eu pour conséquence de faire rater une affaire à leur société. Mais il ne s'était pas contenté de souligner cette erreur, il avait aussi profité de la présence de tous pour humilier le fautif. Michel avait, par la suite, tiré profit de toutes les occasions pour remettre en cause les décisions de sa « victime ». Cette dernière avait fini par démissionner, découragée par ce harcèlement.

À l'hôpital, ce jour-là, Michel était couché dans son lit, à bout de forces, sentant l'approche de la mort. Mais ce n'était pourtant pas cela qui le préoccupait à cet instant. Il voulait seulement me raconter cette histoire qu'il n'avait jamais oubliée...

— Vous savez, Denis, aujourd'hui j'ai pleinement conscience de la bassesse de mon comportement. Je voudrais tant que cet homme soit là, pour pouvoir lui demander de bien vouloir m'accorder son pardon. J'aimerais qu'il soit assis à côté de moi et qu'il accepte de me tenir la main...

Qui n'a pas, une fois dans sa vie, profité de l'ascendant qu'il avait sur quelqu'un pour assouvir un besoin de pouvoir ou de reconnaissance ? Soudain, cette histoire prenait pour Michel une dimension telle qu'elle en occultait tout le reste. Il avait besoin que l'on replace son acte dans une perspective humaine, qu'on lui pardonne, pour qu'il puisse enfin se pardonner.

— Michel, je suis prêtre et je suis censé dominer ces pulsions, mais il m'est pourtant arrivé d'abuser d'un savoir ou de ma position devant les autres. J'ai sans doute, sans le vouloir et sans le savoir peut-être, humilié des personnes dans mon entourage amical ou professionnel. Pensez-vous réellement que si cet homme, avec lequel vous avez eu ce différend il y a si longtemps, se trouvait, en cet instant, dans votre chambre, il refuserait de vous accorder son pardon ?

La réponse à cette question lui importait finalement peu. Le simple fait que, moi aussi, j'aie pu un jour céder à ces travers suffisait à l'apaiser. Il ne voulait pas, en particulier, le pardon de l'homme qu'il avait rabaissé. Il avait seulement besoin qu'une autre personne lui dise que son acte qui lui semblait d'une inhumanité terrible était banalement humain. Michel voulait qu'on lui accorde le pardon : celui de l'Autre, celui des autres.

Pierre et le pardon de ses enfants

Parfois ce besoin d'indulgence ne concerne pas un acte en particulier, mais une attitude de vie que les gens se reprochent. Je remarque que c'est très souvent quelque chose qu'ils n'ont pas fait, un sentiment d'inaccompli qui les bloque.

C'est le temps des regrets. « J'aurais dû faire ceci ou cela. » C'est en faisant mémoire de leurs idéaux omis ou bafoués, en reconnaissant leurs infidélités, leurs échecs, que certaines personnes peuvent alors se les pardonner.

J'ai accompagné récemment Pierre, un homme d'une soixantaine d'années, à qui tout avait semblé sourire dans l'existence, jusqu'à la brutale apparition de la maladie. Une vie bien remplie, faite de réussites, une famille soudée, des enfants ayant déjà réussi à tracer un beau chemin, tant sur le plan personnel que dans leurs activités professionnelles.

Quelque chose le préoccupait bien plus qu'une fin prématurée. Pierre, qui avait passé sa vie à courir, prenait soudain conscience de la réalité du temps qui s'écoule :

— Denis, depuis que je suis ici, couché dans ce lit d'hôpital, les minutes ne me paraissent plus les mêmes qu'avant, le temps s'étire. Jusqu'alors, je ne l'avais jamais vraiment vu passer. C'est presque ironique, les heures me paraissent plus longues, alors qu'il m'en reste probablement si peu à vivre...

Et, une fois sa femme et ses enfants partis le soir, il mettait à profit ce temps pour réfléchir à son existence. C'est d'ailleurs très fréquent chez tous les malades, quelle que soit la gravité de leur état. De cette réflexion est né un regret dont il m'a fait part.

— J'ai probablement réussi l'éducation de mes enfants aux yeux de tous. Je leur ai donné toutes les chances pour qu'ils s'accomplissent dans leur vie professionnelle. Mais j'ai un regret, un remords même : je n'ai jamais assez tenu compte de l'affectif. Quand je rentrais le soir, la seule chose que je leur demandais, c'était de m'annoncer de bons résultats scolaires. Mais je n'ai jamais su leur dire combien je les aime...

— Vos enfants viennent vous voir tous les jours. Ils seront là demain matin, vous pouvez encore leur dire tout l'amour que vous éprouvez pour eux.

— Oui, mais n'est-ce pas trop tard pour leur dire ça ? Ils sont grands maintenant, et c'est dans leur enfance qu'ils auraient eu besoin de l'entendre... Comment m'y prendre ?

— Tout simplement comme vous venez de le faire avec moi... Dites vos regrets, votre amour ! Leur présence quotidienne à votre chevet, l'affection qu'ils vous montrent : voilà les meilleures preuves que la seule chose qui vous manque, ce sont les mots.

Dans le cas de Pierre, le message à délivrer était simple. Il suffisait de lui dire qu'il n'était pas trop tard pour exprimer, avec des mots, tout son amour pour ses enfants. Ces derniers n'attendant d'ailleurs que ça.

Le pardon que réclamait Pierre était déjà depuis longtemps accordé, il suffisait de quelques paroles pour le formaliser.

Se pardonner quand on nous a pardonné

Léon et Gisèle étaient mariés depuis soixante ans. Elle avait soixante-quinze ans et lui quatre-vingt-huit. L'organisme de Léon, épuisé par une ancienne maladie tropicale, était en train de lâcher. Si son corps le trahissait, ses facultés mentales étaient intactes. Il avait été professeur pendant plus de quarante ans et nos échanges étaient toujours très enrichissants. Chaque jour Gisèle, son épouse, était à ses côtés dès l'ouverture du service aux visites, et elle ne le quittait que très tard. Elle s'asseyait à son chevet et lui tenait la main des heures durant. Ils échangeaient très peu de paroles, et uniquement pour des questions pratiques : un mouchoir, une envie de boire ou le besoin du bassin.

Pourtant Léon était d'un naturel loquace, malgré sa fatigue. Gisèle, elle aussi, bavardait facilement, de tout et de rien, avec les infirmières, avec les autres patients. Mais les dialogues entre eux étaient limités. Un matin où je rendais visite à Léon, exceptionnellement seul, je m'en étonnai sur le ton de la plaisanterie.

— Comment se fait-il qu'un couple comme le vôtre, constitué de bavards impénitents, se parle aussi peu ?

— Oh ! ça fait bien longtemps que nous avons du mal à nous parler, tous les deux !

— Pourtant le contact existe, au moins physique, j'ai remarqué que votre épouse vous tenait la main presque continuellement durant ses visites. C'est une très belle preuve d'amour…

— Oui, elle m'aime, ça c'est sûr ! Mais… ça me gêne de parler de ça avec vous, Denis… Vous êtes curé !

— Léon, je suis surtout une personne qui vient vous voir et bavarder de tout avec vous depuis un mois chaque jour, et nous n'avons jamais une seule fois parlé de religion !

Il est resté silencieux quelques minutes, comme s'il pesait le pour et le contre, avant de reprendre :

— Ce n'est pas une histoire de religion… Non, j'hésite à vous dire certaines choses parce que vous n'avez jamais été marié. Vous ne devez pas savoir grand-chose sur la vie de couple et surtout sur les tentations auxquelles on peut être soumis. Vous voyez ce que je veux dire…

— Je crois que je comprends ce que vous voulez dire. Mais ce n'est pas parce que je n'ai pas été marié que je n'ai jamais connu de tentations !

— Moi, Denis, j'ai connu la tentation et j'y ai cédé… C'était il y a longtemps, vingt-cinq ans précisément, et, depuis cette époque, nous n'avons plus vraiment parlé, Gisèle et moi.

— Une aventure avec une autre femme ?

— Oui, j'ai eu une brève passion pour une jeune femme avec laquelle je travaillais, un vrai coup de folie. Gisèle n'a rien dit à l'époque, ni cris, ni pleurs, ni reproches, et pourtant elle s'était bien rendu compte qu'il se passait quelque chose. J'ai vite compris que j'aimais ma femme et j'ai mis fin à cette relation. Mais rien n'a plus jamais été comme avant. Gisèle était là, mais nous ne parlions plus librement, c'était comme s'il y avait une barrière entre nous. Et, depuis vingt-cinq ans, je me sens coupable.

— Permettez-moi de vous poser une question indiscrète : avez-vous parlé franchement de cette histoire avec Gisèle ?

— Non, jamais… Je pensais qu'avec le temps, les choses allaient rentrer dans l'ordre. Elles sont effectivement redevenues normales, mais en apparence seulement. Maintenant, il est trop tard. Je vais partir avec cette culpabilité. Gisèle me tiendra la main jusqu'au bout, c'est sûr, mais par devoir plus que par amour.

— Je n'ai pas l'impression qu'elle manifeste cette tendresse par obligation… Je n'ai peut-être pas d'expérience en ce qui concerne la vie de couple, mais je sais reconnaître l'amour dans les yeux de quelqu'un, et il y en a beaucoup dans ceux de Gisèle quand elle vous regarde. Il n'est peut-être pas trop tard pour lui demander pour quelles raisons elle est encore auprès de vous…

J'ai croisé Gisèle en quittant la chambre, ce matin-là. En début de soirée, un infirmier est passé à mon bureau pour me prévenir que Léon souhaitait ma visite. J'étais un peu inquiet, mais on m'a aussitôt rassuré en me disant qu'il n'y avait pas de brusque dégradation de son état de santé. Non, Léon voulait juste me parler. Malgré sa faiblesse, il n'avait pas perdu le sens de l'humour.

— Denis, vous avez raté votre vocation ! Vous auriez dû devenir conseiller conjugal plutôt que curé !

Il m'a alors raconté la discussion qu'il avait enfin eue avec sa femme. Leur premier vrai dialogue depuis vingt-cinq ans. Il avait enfin osé lui dire le poids de sa culpabilité. Gisèle lui avait avoué qu'elle l'aimait comme au premier jour, et qu'elle lui avait pardonné cette histoire depuis très longtemps. Mais, de son côté, elle pensait qu'à l'époque Léon était resté près d'elle par devoir. Chacun de leur côté, ils avaient porté en silence ce qu'ils pensaient être leurs fardeaux. Le lendemain, quand je suis passé voir Léon, il était en train de bavarder en riant avec son épouse. J'ai refermé la porte doucement pour ne pas les interrompre. Gisèle avait pardonné son incartade à Léon depuis longtemps et Léon s'était enfin pardonné. Leur dialogue pouvait reprendre, jusqu'au bout.

Sylvie accorde son pardon

Il y a aussi les cas où le pardon n'est pas celui que l'on réclame pour soi-même, mais celui qu'il est indispensable d'accorder aux autres ou à l'autre, pour se libérer.

Je me souviens avec beaucoup d'émotion de la fin de vie de Sylvie. Cette histoire remonte aux premières années de la terrible épidémie du sida, bien avant l'arrivée des trithérapies.

Trois ans avant son dernier séjour à l'hôpital, Sylvie avait enterré son mari Claude. Il était mort du sida et je l'avais déjà accompagné. Sylvie et Claude avaient trois enfants, je les ai revus récemment lors d'une cérémonie à la mémoire de leurs parents. Ils sont grands aujourd'hui et ils ont grandi presque normalement, élevés par leurs grands-parents.

Sylvie venait d'entrer à son tour à l'hôpital. Elle était passée du stade de la séropositivité à celui d'un sida déclaré. Le diagnostic était plutôt mauvais.

Sylvie avait été contaminée par son époux qui menait, en dehors de leur mariage, une autre vie. Pendant des années, Claude avait caché à son entourage son homosexualité, jusqu'au jour où il avait été terrassé par cette terrible maladie dont il ne se savait même pas porteur. Sa femme lui en avait terriblement voulu des mensonges, de cette vie cachée. Elle était présente à ses côtés pendant les quelques semaines d'hospitalisation avant sa mort, mais elle marquait sa réprobation par un mutisme permanent. Après sa disparition, la rancune ne s'était pas apaisée, elle lui en voulait encore de sa mort prématurée qui la laissait seule avec les enfants. Et quelques semaines plus tard, le verdict était tombé : elle était elle aussi contaminée. Ce dernier coup dur avait encore accru sa rancœur.

Quand Sylvie a été à son tour hospitalisée, dans un état alarmant, j'étais révolté. Comment ne pas s'insurger contre ce destin qu'elle subissait ? Comment ne pas crier à l'injustice, ne pas penser, ne serait-ce qu'un instant, que ce qui arrivait à Sylvie était monstrueux ? Elle n'était en rien responsable de cette situation atroce… Comment ne pas juger, à rebours, son mari ? Je le fis, je l'avoue, un instant, comme tant d'autres, jusqu'à une déclaration inouïe de la jeune femme.

Je la revois encore, si affaiblie, si maigre, dans ce lit dont elle n'avait plus la force de sortir, le regard éteint, dévastée par la douleur. Mais c'est pourtant très sereinement qu'elle murmura :

— Je n'en veux plus à mon mari. Tout est pardonné, tout…

Je reçus ces mots comme une gifle. Sylvie venait de me révéler, à moi, serviteur de Dieu, que le pardon humain pouvait, comme l'absolution divine, être sans limite. C'était, dans le huis clos de cette chambre d'hôpital, un acte d'une humanité bouleversante, un exemple de dignité, d'indulgence et d'amour, qui confèrent à ce geste une dimension universelle.

Malgré sa souffrance et la conscience de sa disparition prochaine, Sylvie avait pleinement communié au pardon. Pour elle, ce n'était pas un vain mot. Et c'est dans la sérénité qu'elle a remis son dernier souffle.

Pour l'accompagnant, il s'agit parfois de libérer le patient d'une culpabilité, réelle ou présumée, mais, dans d'autres situations, il faut lui permettre de s'affranchir du regret de ne pas avoir accordé son pardon. Dans ce dernier cas, il suffit d'être présent et à l'écoute au moment où ce pardon est accordé, pour en être en quelque sorte le réceptacle.

Un pardon difficile à accorder

Dans certaines circonstances, je suis le vecteur qui permet le passage de la parole du mourant vers son entourage, leur permettant ainsi d'ouvrir un dialogue qui peut conduire à la réconciliation.

Anne rendait régulièrement visite à sa maman en phase terminale d'un cancer. Elle venait chaque jour à la même heure et passait un quart d'heure, ni plus ni moins, assise dans la chambre à bonne distance du lit.

Je la croisais parfois dans les couloirs de l'hôpital, jeune femme élégante, un peu froide. Je sentais confusément qu'elle avait un problème, ses traits étaient crispés, mais ce n'était pas l'expression de peine et de fatigue mêlées que je lis si souvent sur le visage des familles de mourants. Je m'étais présenté à elle, un jour où elle était arrivée pendant une de mes visites à sa maman, mais notre échange s'était borné à quelques banalités. J'avais également le sentiment, quand j'étais auprès de sa mère, qu'il y avait un malaise dans sa relation avec sa fille. Mais je ne souhaitais pas, par respect pour elle, initier une conversation à ce sujet.

Un soir, j'ai croisé Anne qui sortait de la chambre. Le couloir était désert et je me suis risqué, prudemment, à ouvrir la discussion.

— Anne, je sens un profond malaise entre vous et votre maman. Elle ne m'en a jamais parlé, mais je discerne une souffrance dont je voudrais vous entretenir aujourd'hui. Vous pouvez décider que c'est une intrusion de ma part dans votre vie privée, que cela ne me regarde pas, je comprendrais vos réserves, mais…

Elle m'a interrompu très vite :

— Il ne m'est pas facile d'en parler.

J'ai alors compris que j'avais touché un point extrêmement sensible. Son regard semblait perdu dans le vague et elle parlait sur un ton hésitant.

— Vous savez, poursuivit-elle, mes rapports avec ma mère sont depuis longtemps délicats. Si je viens ici chaque jour, ce n'est pas par affection, mais pour respecter les conventions. Et cela me demande un effort inouï de passer ce quart d'heure auprès d'elle. Je sais qui vous êtes car ma mère parle de vous, mais vous ne me connaissez pas et en entendant ça vous devez penser que je suis un monstre.

— J'ai pour principe de ne pas juger ceux que je connais, et j'applique cette règle avec encore plus de rigueur quand je ne sais rien de la personne que j'ai face à moi !

Petit à petit, cette jeune femme m'ouvrit son cœur et je découvris que sa froideur n'était qu'une apparence. C'était probablement plus facile pour elle de parler à un étranger qui pouvait l'écouter avec neutralité. À l'entrée du service, il y a quelques chaises en retrait, c'est là que nous nous sommes installés et qu'elle m'a raconté son enfance.

— Ma mère m'a eue très jeune, elle avait tout juste dix-sept ans et demi quand je suis née. Elle avait fugué neuf mois plus tôt avec un garçon et je n'étais pas une enfant désirée, juste un accident. Je n'ai jamais su qui était mon père, il est parti dès qu'il a appris que ma mère était enceinte et je ne sais même pas si elle l'a jamais revu. L'avortement n'était pas encore légal, et s'il avait été possible ma mère y aurait eu recours. Elle ne s'est pas privée de me le dire de nombreuses fois, elle m'a même raconté que si elle avait eu de l'argent pour aller avorter à l'étranger, elle l'aurait fait. Toute mon enfance, ma mère m'a répété que je lui avais gâché sa jeunesse, que je l'avais empêchée de réaliser ses rêves. Elle n'hésitait d'ailleurs pas, quand j'étais toute petite, à m'enfermer dans ma chambre quand elle sortait le soir. J'avais peur, je ne comprenais pas. J'aimais quand même ma mère. Et puis, tout cet amour qui n'avait pas de contrepartie s'est transformé en rejet à l'adolescence. J'ai quitté la maison très tôt. Petit à petit la haine s'est atténuée pour se transformer en mépris, puis en oubli. Nous ne nous sommes pas vues, nous ne nous sommes pas parlé pendant de longues années. Ce n'est que quand j'ai appris qu'elle était malade que j'ai renoué un contact téléphonique avec elle. Et ce n'est qu'à l'annonce de son hospitalisation que nous nous sommes revues. D'où mon attitude…

Je comprenais enfin ces silences, cette distance, cette froideur. Mais je pressentais aussi qu'il y avait autre chose. Anne venait chaque jour voir sa maman, bien plus que ce qu'exige un simple respect des conventions sociales. Après tout, elle aurait très bien pu ne pas renouer le lien défait ou alors ne venir que très épisodiquement.

Je l'ai d'abord remerciée de la confiance qu'elle m'accordait en me choisissant pour dépositaire de sa souffrance. Alors qu'elle me livrait son histoire, des larmes coulaient sur ses joues. Les pleurs de quelqu'un qui se libère d'un pesant fardeau. J'ai alors tenté d'ouvrir une médiation.

— Je ne suis pas là pour vous forcer la main. Je connais un peu votre maman et je vous découvre un peu mieux maintenant. Je pense qu'il serait dommage, pour vous comme pour elle, de ne pas aller un peu plus loin sur le chemin de la réconciliation. Je ne vous demande pas de lui pardonner si vous ne pouvez pas le faire, mais vous connaissez l'état de votre maman, dans quelques jours il ne sera plus possible de parler avec elle. Si vous avez des choses à lui dire, c'est maintenant ou jamais.

Jusqu'alors, elle avait gardé pour elle cette rancœur. Avoir enfin pu mettre des mots sur ses sentiments, pour m'expliquer son amertume, avait enclenché un processus. En la quittant, je lui avais prodigué des paroles de réconfort, en lui disant que j'étais à sa disposition si elle avait besoin de parler, de sa maman ou d'autre chose. Deux jours plus tard, quand je suis arrivé au chevet de sa maman, juste après la visite d'Anne, j'ai tout de suite vu que son expression était différente, elle semblait apaisée. J'ai pris sa main et c'est par elle que j'ai appris la suite de l'histoire. Cette mère portait, elle aussi, un poids, celui de son attitude vis-à-vis de son enfant. Jamais cette culpabilité, si forte, ne lui aurait permis d'ouvrir le dialogue avec elle. Par compassion, c'est Anne qui lui avait ouvert le dialogue en lui disant que son passé n'était plus une souffrance pour elle. Elle lui avait accordé son pardon. Même si ce pardon n'était dans un premier temps que circonstanciel.

Quinze jours plus tard, la maman d'Anne mourut. J'eus l'occasion de parler avec la jeune femme durant la préparation des obsèques. Elle relisait son enfance sous un éclairage différent et, le jour de la cérémonie, les quelques mots qu'elle prononça sur sa maman furent tendres. Elle m'expliqua que ce qui n'étaient au début que des paroles destinées à apaiser la mourante, était devenu réalité : elle lui avait pardonné. Anne, qui avait peur de fonder une famille par crainte de reproduire les schémas familiaux, était apaisée. J'ai eu l'occasion de la revoir à l'hôpital, sept mois après le décès de sa mère. J'étais surpris de sa visite. Elle m'a raconté qu'elle faisait un crochet pour me voir au sortir de sa première échographie... Et c'est avec joie que j'ai accepté sa demande : Anne veut que je baptise son premier enfant, dont la naissance est prévue le jour de la sortie de ce livre !

Le pardon, une étape

Il est important pour le malade d'avoir quelqu'un à ses côtés qui recueille la parole, qui soit le confident de situations antérieures mal vécues. De la même manière, il est capital d'être à l'écoute de l'entourage, dépositaire de fragments de vie du mourant.

Pouvoir dire ses erreurs, c'est se libérer, se pardonner à soi-même, aux autres, recevoir le pardon des autres, et, pour certains, celui de Dieu.

Cette étape du pardon est essentielle pour aboutir à la réconciliation au sein de familles, avec des proches, mais aussi avec soi-même.

Mais il m'arrive de culpabiliser quand j'ai la sensation de ne pas avoir réussi à ce que ces aveux, ces regrets, ces remords soient dits. Quelquefois la personne a du mal à les exprimer jusqu'à la fin ou alors part prématurément avant que le processus arrive à son terme.

L'entourage parfois aussi ressent douloureusement ce non-dit. À tel point qu'il m'arrive de recevoir des familles, des jours, des semaines, voire des mois après la disparition de quelqu'un. Ils veulent à tout prix savoir si j'ai été le dépositaire de paroles que le mourant n'aurait pas réussi à leur confier, par pudeur ou par gêne. Dans ces situations, il y a un malaise qui les empêche souvent de commencer leur deuil.

Jean-Marc, l'impossible pardon

Il est aussi des cas où le pardon désiré ne se concrétise pas, quels que soient les efforts déployés.

J'ai fait un bout de chemin avec Jean-Marc, il y a quelques mois.

Il était l'aîné une fratrie de trois garçons. Vingt ans auparavant, après le décès de leurs parents, Jean-Marc et ses frères s'étaient déchirés pour un modeste héritage. Les relations s'étaient apaisées avec l'un de ses cadets, mais Jean-Marc n'avait, depuis toutes ces années, jamais revu le plus jeune de ses frères. Il s'était confié à moi alors qu'il luttait contre la mort.

— Je regrette d'avoir abusé de ma position d'aîné lors du conflit pour l'héritage. Je n'ai rien fait pour apaiser les tensions et arranger la situation de manière sereine. Aujourd'hui, j'aimerais tant revoir mon petit frère.

J'ai alors tenté, par l'intermédiaire de celui qui venait à son chevet, de faire passer le message au cadet fâché. En vain. L'agonie de Jean-Marc se prolongeait, comme s'il attendait une réconciliation qui ne venait pas. Quand il est mort, le frère qui était resté à son côté jusqu'aux derniers instants était désemparé, se sentant, à tort, coupable de ne pas avoir réussi à réunir la fratrie.

Je me suis longuement entretenu avec lui après les obsèques et je lui ai conseillé, après l'avoir revu quelquefois par la suite, de se faire aider par un psychologue afin que ce passif familial ne devienne pas un poids trop lourd à porter.

Ce fut une nouvelle constatation de l'impuissance des accompagnants dans certaines situations. Il fallait accepter l'idée que cette réconciliation ne pouvait avoir lieu et que le pardon ne pouvait pas s'accomplir. Pourquoi ? Je n'en sais rien…

Cette expérience m'a rappelé cet absolu qu'il faut accepter pour être un accompagnant de qualité : il n'est de plus grand respect que de laisser le choix de dire ou de ne pas dire. L'important, pour un accompagnant, c'est d'offrir une écoute attentive dans un cadre favorisant l'expression afin qu'elle puisse se réaliser si la personne le souhaite.

Chapitre 2

Relier les êtres

« Jésus lui répondit, Je te le dis en vérité, aujourd'hui tu seras avec moi dans le paradis. »
(Lc 23,43)

La relation entre les êtres est une des couleurs de mon arc-en-ciel de vie. Favoriser ce lien est une de mes missions.

L'homme est un être de relation. Personne n'est seul pour naître. Nul non plus ne doit l'être pour mourir. Pour vivre en harmonie, l'homme doit, de sa conception à sa mort, être relié aux autres.

Une sage-femme pour naître et des gens sages pour mourir

Le début de vie n'est pas un acte solitaire. Dans le cas le plus extrême, celui où la maman accouche seule, il y a au moins deux personnes en présence pour cette entrée dans la vie. Fort heureusement, dans la plupart des cas, bien plus de gens sont là : personnel médical et aussi aujourd'hui, très souvent, le papa. La famille attend derrière les portes de la salle d'accouchement et les proches viennent ensuite rendre visite à la maman et au bébé. Pour souhaiter la bienvenue dans la vie, il y a foule. Moins nombreux sont ceux qui assistent aux adieux…

Toute notre existence est construite sur les fondations des relations que nous établissons. L'homme est incapable de vivre seul, face à lui-même. Il se nourrit de l'interaction avec les autres. Les misanthropes ne fuient pas le monde, ils se fuient le plus souvent eux-mêmes. Y compris pour les plus solitaires, il existe des liens humains, comme nous l'avons vu au début de ce livre avec l'histoire de saint Paul et saint Antoine.

L'accompagnement a pour vocation profonde de replacer un être qui est au terme de sa vie dans son contexte personnel, familial, social. En redonnant sa place à la vie, on donne une place à la mort en la resituant, elle aussi, dans le cadre des événements familiaux et sociaux, dont elle s'est trop souvent trouvée écartée.

La mort et le cercle social

Tout contribue, de plus en plus, à éloigner la mort du cercle social. En 1962, 31 % des gens mouraient à l'hôpital ou dans des institutions (sous ce terme, je regroupe les maisons de retraite médicalisées, ainsi que les maisons de soins palliatifs, qui s'y ajouteront plus tard). En 1971, le taux passait à plus de 40 %. En 1991, 63 % des Français interrogés disaient qu'à qualité de soins égale, ils préféreraient mourir à leur domicile. Mais actuellement, seulement 25 % des personnes décèdent à domicile (seulement 20 % à Paris et dans les grandes agglomérations), et cette proportion ne cesse de diminuer.

Pour expliquer cette énorme différence entre les souhaits exprimés et la réalité, il y a plusieurs facteurs à prendre en compte. Du côté des personnes en fin de vie, il y a le désir de ne pas être une charge pour les proches, la peur de l'isolement et le besoin de sécurité sur le plan médical. Et pour les familles, il y a la charge affective, psychologique et, ne nous voilons pas la face, financière que représente le choix d'avoir un mourant à domicile. Mais il y a aussi l'inquiétude par rapport aux gestes de santé et les limites du congé d'accompagnement.

Les choses évoluent, lentement, mais elles avancent, notamment grâce à la loi du 9 juin 1999 dite « loi Kouchner ». Une disposition visant à garantir le droit à l'accès aux soins palliatifs, votée, à l'époque à l'unanimité, par les deux assemblées parlementaires.

Mais en attendant que le cadre sociétal progresse encore, il faut comprendre que ce souhait de mourir « chez soi » est surtout l'expression de la volonté que l'on a de mourir entouré des siens. Et là, nous pouvons tous faire avancer les choses dès maintenant.

La mort virtuelle

Nous vivons dans une étrange société qui semble vouloir tenir à distance la « mort réelle ». Pourtant la mort y est omniprésente, mais de manière « virtuelle »... Je m'explique.

Il y a les morts que nous voyons à la télévision à l'heure des actualités ou dans les fictions. Il y a celles que nous voyons au cinéma, où très peu de films, en dehors des comédies, nous épargnent les morts, souvent à grand renfort de violence et d'hémoglobine. Les enfants l'expérimentent aussi très tôt dans les jeux vidéos. Mais ces morts-là sont tellement « mises en scène » qu'elles en perdent toute réalité. Nous connaissons mieux dans nos sociétés occidentalisées la « mort-information » et la « mort-spectacle » que la mort réelle. Tout est dans la représentation, tout est comme dématérialisé.

La prise de conscience universelle qui a suivi le tsunami, la grande tragédie de la fin de l'année 2004 en Asie du Sud, est sans doute liée au fait que l'on ne nous a vraiment rien épargné, pour une fois. Une tragédie faisant irruption dans un cadre paradisiaque, des cadavres par milliers, la douleur des survivants de toutes nationalités, ces images ont été diffusées en boucle sur toutes les télévisions du monde.

Mais force est de constater que, la plupart du temps, on fait comme si la mort ne concernait que « les autres ». Même s'il est inéluctable d'y être confronté, les années passant : mort des parents, des proches ou des connaissances. Elle a lieu « ailleurs » le plus souvent, un « ailleurs » loin des yeux et loin des préoccupations des vivants...

Avez-vous remarqué combien le terme « agoniser » est fréquemment employé dans les médias ? On fait tout agoniser dans les journaux : « la loi à l'agonie », « le commerce à l'agonie », etc. Les peuples agonisent dans les manchettes, mais c'est très rare que l'on utilise ce mot, pourtant bien réel, pour une personne.

J'ai tenté une petite expérience avec des membres de ma famille, des amis, des collègues, bref, avec mon entourage. Je leur ai demandé de me donner le premier mot qui leur venait à l'esprit quand je disais « agonie ». Angoisse est la réponse qui m'a été donnée par une très grande majorité d'entre eux... Même l'Église, mon Église, a transformé l'agonie du Christ au cours des siècles. Les catholiques ne parlent désormais plus que de la « Passion » du Christ.

Poussons plus loin cette démonstration : la mort est partout, et pourtant elle n'est plus nulle part. Par exemple, quand nous réfléchissons au temps qui passe, sans jamais la nommer, c'est à la mort que nous pensons. Quand nous parlons de la douleur, c'est encore la mort qui nous inquiète. Et pourtant, nous ne prononçons toujours pas son nom...

La mort des villes et la mort des champs

Le comportement de la société face à la mort a beaucoup changé ces dernières décennies. Jusqu'au milieu du siècle dernier, au moins dans les campagnes, les gens mouraient majoritairement chez eux.

Laissez-moi, encore une fois, évoquer mon expérience.

J'ai grandi à Uberach, un petit village alsacien de mille habitants. Gamin, je n'étais pas spécialement effrayé ni traumatisé par la mort. Elle faisait partie de mon quotidien, elle n'était pas cachée par des murs d'hôpitaux ni occultée dans les discussions, et le cimetière n'était pas éloigné du village.

Nous savions très bien dans quelle maison elle frappait. Elle était annoncée, codifiée, y compris par le son des cloches de l'église qui résonnaient différemment pour un enfant, une femme ou un homme.

C'était le glas, la cloche des morts, dont le premier usage remonte au VIIIe siècle. La sonnerie est constituée d'un nombre fixe de coups. Ce nombre variait en des temps plus anciens avec la condition sociale du défunt (et les sommes payées par les familles !). La sonnerie permettait à cette époque, et permet encore dans certains villages, de savoir *pour qui sonne le glas* ; de distinguer un homme d'une femme, un enfant d'un adulte, et même son origine géographique : quatre glas pour un homme, trois pour une femme et deux pour un enfant. Le but étant donc d'annoncer à toute la communauté la mort d'un de ses membres.

J'étais aussi enfant de chœur. Nous visitions, avec monsieur le curé, les familles en deuil, avec leur défunt exposé dans une pièce de la maison, et bien sûr nous servions lors des messes d'enterrement.

L'un de mes premiers souvenirs marquants d'enfance – je l'ai raconté dans mon livre précédent, *La Tendresse pour tout bagage* – est le décès de mon grand-père. J'ai assisté à ses derniers instants alors que j'avais à peine sept ans. Il vivait avec nous dans la maison, et comme j'ai partagé sa vie, j'ai partagé les instants de sa mort. Ma marraine m'avait dit, alors qu'il agonisait, que la Vierge Marie venait le chercher. Je ne comprenais pas encore très bien ce que signifiaient ces paroles, mais j'avais bien assimilé l'idée que mon grand-père était en train de mourir.

J'avais aussi un tonton menuisier, il fabriquait régulièrement des cercueils sur mesure pour les défunts du village. Je me revois encore avec mes cousins, nous étions une bande de jeunes chenapans et nous jouions à cache-cache dans les cercueils en préparation. Nous n'avions ni peur ni angoisse à l'idée de nous dissimuler dans ces coffres de bois dont nous connaissions pourtant parfaitement l'usage futur.

Plus tard, quand j'étais élève infirmier dans les années 1970, j'ai effectué mon premier stage dans un grand service de médecine où j'ai découvert une attitude face à la mort qui m'a surpris.

Lorsqu'un malade était en fin de vie dans des chambres où il y avait six lits, la première étape était de mettre un paravent pour l'isoler. Puis, quand l'agonie se prolongeait, la phase suivante, l'antichambre de la mort, c'était la salle de bains ! Seule pièce disponible pour isoler quelqu'un dans ces chambres... Il fallait absolument écarter les mourants des yeux des autres patients et de leurs visiteurs, alors on nous ordonnait d'y cacher leurs lits !

Autre surprise : l'attitude de mes camarades, élèves comme moi, devant la tâche qu'on nous déléguait. Nous, les jeunes en formation, étions chargés d'aller, régulièrement, contrôler ce qui se passait dans ces salles de bains pour voir si la mort avait fait son œuvre. La plupart d'entre eux étaient effrayés à l'idée de remplir cette mission, contrairement à moi.

Différence fondamentale : j'avais grandi à la campagne et eux en ville. J'avais côtoyé de façon naturelle la mort de ceux avec lesquels je vivais. Eux n'avaient, pour la plupart, jamais vu une personne en train de mourir avant cette première expérience au sein d'un hôpital.

Un autre temps

Dans les années 1980 et au début des années 1990 encore, alors que j'étais déjà aumônier, les règles imposées par certains patrons de services hospitaliers pourraient paraître aujourd'hui incroyables.

Ils n'autorisaient en effet les visites au chevet des mourants qu'exclusivement dans les stricts horaires fixés par le règlement intérieur de l'hôpital. Le règlement était le règlement, et nulle dérogation n'était accordée par certains patrons hospitaliers.

Certes, pour le bon fonctionnement de l'institution, il n'est pas possible d'autoriser les proches de toutes les personnes hospitalisées à aller et venir quelle que soit l'heure. Mais que valent ces rigidités administratives quand les heures sont comptées ?

Et malgré ces obstacles, beaucoup de soignants bravaient les interdits, autorisant les familles et les proches à rester, presque clandestinement, au chevet des personnes en fin de vie. Et quand cela n'était pas possible, j'ai même vu certains autres malades prendre durant la nuit le relais des familles, faisant acte d'une admirable solidarité.

Guillaume et son voisin de douleur

Guillaume était un jeune garçon de dix-sept ans. Il luttait depuis des mois contre un cancer du sang.

Il était toujours plein de passion et d'enthousiasme malgré son état physique qui se dégradait de jour en jour. La musique était pour lui un réconfort, et il reprenait, dès qu'il était chez lui, ce qui malheureusement arrivait de moins en moins souvent, la pratique de la guitare électrique avec son groupe. Il m'a fait découvrir, à l'occasion de ses hospitalisations qui se multipliaient, les groupes de rock que l'on écoutait à ce moment-là, ainsi que la musique techno.

Puis l'état de Guillaume s'est aggravé. Sa famille habitait à une centaine de kilomètres de l'hôpital, mais sa maman faisait chaque jour le trajet et elle restait le plus longtemps possible au chevet de son fils. Elle arrivait tôt le matin et ne repartait que quand le règlement de l'hôpital imposait aux familles de quitter les lieux.

Un après-midi, alors qu'elle était près de lui, son état a encore empiré. Il lui a alors dit, en ma présence :

— Maman, j'ai peur, reste avec moi. Je vais mourir.

Une demande poignante, qui ne pouvait que désespérer une mère voyant son enfant souffrant et apeuré.

J'étais auprès d'elle lorsque que cette maman a tenté de négocier, avec le médecin, l'autorisation de rester auprès de son fils pour la nuit. Mais elle s'est heurtée à une fin de non-recevoir, il ne voulait pas transiger avec le règlement. Ce praticien invoqua, pour justifier son refus, le calme nécessaire à l'autre patient occupant la chambre. Il était, dans la logique de cet homme, impossible d'autoriser cette maman à rester auprès de son enfant pour ne pas déranger le voisin. Même si cet autre malade avait dit, à plusieurs reprises, que cette présence ne le gênait pas.

J'étais moins sûr de moi à l'époque, je n'avais pas l'expérience que j'ai aujourd'hui, et je n'ai pas osé me heurter de manière frontale à ce médecin. Malgré mon opposition à cette décision, je n'ai pu qu'essayer d'aider cette mère à trouver un autre moyen pour rassurer Guillaume.

De retour dans la chambre, alors que son fils somnolait, nous avons envisagé les solutions possibles. Je lui ai proposé de rester le plus possible auprès de lui cette nuit-là, autant que me le permettraient mes obligations auprès des autres malades. Soudain, le voisin de lit, un homme âgé, qui aurait pu être le grand-père de Guillaume, intervint dans notre conversation.

— Vous savez, madame, je connais un peu votre fils maintenant. Je vous promets de veiller sur Guillaume cette nuit. Rassurez-vous, il ne sera pas seul.

Cette maman est donc repartie de l'hôpital triste et anxieuse, mais sachant que son fils ne serait pas seul dans l'angoisse. J'ai passé une grande partie de la nuit à son chevet et son voisin de lit est resté presque tout le temps éveillé.

Guillaume est mort en ce jour de février 1991, à 5 heures du matin, alors que se taisaient à la même heure les canons de la guerre du Golfe... Sa maman n'était pas près de lui, mais il n'était pas seul. C'est un voisin de douleur qui avait veillé sur lui, en un temps où certains se préoccupaient plus du code intérieur d'un service que de compassion.

Un univers en évolution

Les choses ont, fort heureusement, beaucoup évolué. Que de chemin parcouru depuis cette époque pourtant proche !

Aujourd'hui, alors que l'attitude face à la mort n'a fait malheureusement que s'opacifier encore plus à l'extérieur, à l'hôpital, on prend dorénavant de plus en plus en compte l'importance de la relation, du lien social autour de la personne en fin de vie.

Il est à noter que l'avancée dans ce domaine doit beaucoup à l'accueil des malades atteints du sida dans les services hospitaliers. Nous nous sommes trouvés avec eux devant des configurations nouvelles. Des malades et des entourages qui n'acceptaient pas ces contraintes administratives et qui les outrepassaient, quelles que soient les volontés des soignants. Ils ont bousculé un ordre qui paraissait immuable et ont contraint, fort heureusement, l'hôpital à s'adapter à eux.

Dans la formation professionnelle des soignants, ce chapitre de la relation est désormais largement abordé, il est même expressément réclamé par le personnel dans le cadre de la formation continue. C'est ainsi que j'interviens régulièrement auprès d'élèves infirmiers, de médecins et d'associations qui agissent dans le domaine des soins palliatifs et plus largement auprès de ceux qui côtoient la mort.

Il est maintenant acquis qu'il ne faut pas enfermer la personne en fin de vie dans un isolement néfaste sur le plan psychologique. Si le mourant est seul, la mort est ressentie encore plus douloureusement. En revanche, s'il est intégré dans une relation avec les autres, dans un « nous », un nouvel horizon s'ouvre à lui.

Albert, syndicaliste jusqu'au bout

Je me souviens d'un homme formidable. La soixantaine révoltée, Albert avait été un ardent syndicaliste dans chaque acte de sa vie, et il l'était resté à l'approche de la mort. Il était le « je » pris dans un « nous », la solidarité était chez lui un état d'esprit, presque une religion.

— Tu sais, camarade curé, me disait-il, pour moi, l'après, c'est deux mètres cinquante sous terre et tout est terminé ! Tu vois, moi je meurs, mais le groupe ne meurt pas. Ce que j'ai toute ma vie contribué à construire avec les autres me survivra. Le combat pour que les gens aient une vie meilleure transcendera ma mort !

Avec Albert, je n'ai jamais parlé de Dieu, il ne croyait pas en Lui, seul le « nous » comptait. Il pouvait me raconter pendant des heures entières tel ou tel combat syndical, m'expliquant avec une conviction toujours aussi vive pourquoi il s'était battu. Nous avons beaucoup parlé de la vie, des valeurs, de la justice sociale. Et, sans vouloir le récupérer, je trouvais son message profondément évangélique. Jusqu'au bout il a été dans la relation à l'autre, se préoccupant plus de la pérennité de son combat et du devenir de ses camarades que de son état. La quête de relation d'Albert fut pleinement accomplie toute sa vie, jusqu'au bout. L'approche de la mort n'avait pas rompu le lien.

Devant la peur d'être une parenthèse vite oubliée, on s'interroge : comment se prolonger dans la mémoire des autres ? Comment laisser des traces vivantes de son passage ? Albert avait trouvé sa réponse…

Jean-François ou l'altruisme sans limites

Ce jeune homme de vingt-trois ans souffrait d'un cancer qui avait métastasé de manière fulgurante. Jean-François est mort il y a sept ans précisément, à l'heure où j'écris ces lignes et où je repense à lui.

Il était hospitalisé dans une chambre individuelle qui ne désemplissait pas de la journée. Ses parents, ses copains, tous rendaient visite à Jean-François. Et quand les proches n'étaient pas là, on trouvait invariablement à son chevet un des membres de l'équipe médicale : ils étaient tous fans de lui ! Il connaissait leurs prénoms à tous. Une infirmière m'avait dit à son propos : « Denis, c'est le premier malade, depuis que je fais ce métier, qui me demande de mes nouvelles à ma prise de service, avant que je n'aie le temps de m'enquérir de son état ! » Ce matin-là, la toute première question qu'il m'a posée alors que j'arrivais à son chevet, avant même de m'avoir laissé le temps de lui dire bonjour et de lui demander de ses nouvelles, m'a prise de court.

— Denis, j'ai entendu gémir cette nuit dans la chambre voisine. Et puis plus rien, le silence. J'ai prévenu les infirmières de garde et elles m'ont dit que tout allait bien. Est-ce que cette personne va vraiment mieux ? A-t-on pu l'aider ?

— Mais oui, Jean-François, ne t'inquiète pas. Les infirmières s'en sont occupées si les plaintes ont cessé. Toi, comment vas-tu ?

— On en parlera après, je voudrais d'abord que tu ailles te renseigner…

Jean-François se décentrait de sa souffrance, pourtant vive, pour s'enquérir de celle des autres.

Il n'accepta mes explications sur l'état du patient de la chambre voisine, dont il avait entendu les gémissements durant la nuit, qu'après que je fus allé m'informer auprès des infirmières. Il ne voulait pas parler de lui avant d'être rassuré sur ce malade. Jusqu'au bout, il a été dans la vie, dans la relation aux autres.

Une amitié s'est d'ailleurs nouée entre Jean-François et cet autre patient, Rémi, qui souffrait d'une affection plus bégnine. Ils partageaient tous les deux la passion des échecs et Rémi a rendu visite à Jean-François, alors que lui-même n'était plus hospitalisé, jusqu'à ce que la maladie l'emporte. Le jour de l'enterrement de Jean-François, il y avait dans l'assemblée sa famille, ses proches, mais aussi Rémi et la quasi-totalité du service. Tous ceux qui n'étaient pas de service avaient tenu à être là.

Odile, le sens du partage

Le partage social, cette communion au sens laïc du terme, peut se faire jusqu'au bout du chemin. Partager, un verbe qui se conjugue avec des grandes et des petites choses.

Odile, âgée de quatre-vingt-cinq ans, avait toute sa vie adoré faire la fête. Pas un bal de village, pas une fête de la paroisse, pas un pique-nique communal sans elle. Quelque temps avant son hospitalisation, consécutive à un accident cardiaque, elle allait encore danser régulièrement. Elle n'était pas en forme, mais son état ne l'a pas empêchée d'accomplir, à sa façon, une nouvelle quête de relation avec son sens inné de la fête.

Un soir où je passai la voir, elle eut une drôle de demande.

— Denis, pourriez-vous trouver des verres en plastique et dire au personnel de l'étage de venir dans ma chambre ?

Elle avait demandé à sa fille de lui apporter une bouteille de vin de noix qu'elle avait fabriqué elle-même quelques années plus tôt.

— Je la gardais pour une occasion spéciale ! Et comme je risque d'en manquer quelques-unes à l'extérieur, je me suis dit que j'allais en provoquer une ici !

Nous avons trinqué à son chevet, elle avait partagé un bon moment avec les gens qui l'entouraient, comme elle avait toujours aimé le faire. Trois jours plus tard, Odile nous quittait. Elle avait, jusqu'à la fin, su jalonner sa vie d'occasions spéciales.

Un jour de Noël

Depuis que j'exerce mon ministère à l'hôpital de Hautepierre, j'y célèbre également chaque année, dans la chapelle, la messe de Noël. Les malades hospitalisés assistent à cette célébration avec leurs familles, mais nous accueillons également avec plaisir les personnes qui habitent aux alentours du centre hospitalier.

Toute la famille de Pierre vivait dans le sud de la France. Son unique sœur séjournait temporairement à Strasbourg, depuis que le cancer de Pierre nécessitait une lourde chimiothérapie. Elle avait néanmoins dû rentrer retrouver son mari et ses enfants pour ce 25 décembre. Il avait été question que Pierre y aille également, mais son médecin s'y était opposé, son traitement le fatiguait beaucoup trop.

Ce matin-là, il était donc venu seul assister à la messe de Noël. C'est juste avant l'office qu'il a remarqué sur un banc, dans le hall de l'hôpital, une jeune femme qui pleurait. C'est elle, Dominique, qui m'a raconté cette rencontre quelques jours après le décès de Pierre.

— J'étais très déprimée, c'était le premier Noël que je passais seule. Mon divorce avait été prononcé un an et demi plus tôt, et, cette année-là, c'était au tour de mon ex-mari d'avoir les enfants pendant les vacances de Noël. Mes parents vivent à l'étranger, et comme je me suis récemment installée ici, je ne connais pas grand-monde, j'étais seule ce jour-là. Je n'habite pas très loin de Hautepierre et j'avais entendu parler de cette messe de Noël par des voisins de mon immeuble. Je ne vais pas très souvent à l'église, mais j'ai décidé de venir à la chapelle de l'hôpital, sur une impulsion. Juste avant l'office, j'ai eu un gros coup de déprime en pensant à mes enfants et je m'étais mise à l'écart sur un banc dans le hall. Je pleurais, sans même m'en rendre compte, quand Pierre est venu s'asseoir près de moi. Si nous avions été dans un autre lieu, je me serais probablement écartée ou je lui aurais demandé de partir, mais là, dans l'entrée d'un hôpital… Il m'a demandé la cause de mes larmes et, je ne sais pas pourquoi, je lui ai tout raconté : mes enfants avec leur père, mes parents loin, ma sensation d'être si seule. Nous avons assisté à la messe de Noël ensemble et nous sommes allés ensuite à la cafétéria de l'hôpital. À ce moment-là, il ne m'a pas dit pourquoi il était en ces lieux, il ne s'est préoccupé que de ma peine. Il m'a remonté le moral comme personne dans mon entourage ne l'avait fait jusqu'alors.

Leur amitié a duré huit mois, jusqu'à la mort de Pierre. Dominique venait lui rendre visite chaque jour et prenait efficacement le relais de sa sœur, quand cette dernière rentrait chez elle dans le Midi.

Pierre, malgré sa maladie, malgré sa fin qu'il savait proche, a aidé Dominique à sortir de sa dépression. La jeune femme me l'a dit après ses obsèques :

— Vous savez Denis, il m'a aidée à passer cette période difficile de ma vie, mais en plus il m'a donné du courage pour me battre, même après sa disparition. Il m'a dit, juste avant de mourir, que réussir ma vie serait la plus belle chose que je pourrais faire pour donner de la valeur à notre courte, mais intense amitié.

En oubliant sa propre souffrance pour tendre la main à Dominique, ce matin de Noël avant d'entrer dans la chapelle de Hautepierre, Pierre avait donné un nouveau sens aux mois qui lui restaient à vivre.

Le vrai sens de la communion

Je porte régulièrement la communion au chevet de malades qui ne sont pas en état d'assister à la messe. Durant ce moment de célébration, je suis souvent émerveillé de les voir prier pour les malades, pour leur famille, pour le personnel soignant, bref pour les autres. Alors que leur état pourrait les pousser à réclamer le réconfort de Dieu uniquement pour eux. Mais là encore, la quête de relation les conduit à se préoccuper de ceux qui les entourent.

Jusqu'au bout, on peut être disponible à la vie. Le rôle des accompagnants est de tenir compte de cette ouverture aux autres et au monde. Il ne faut pas faire « mourir » prématurément la personne en négligeant cette étincelle, ce besoin de relation.

Je n'hésite pas, au chevet des mourants, à parler de l'actualité, à partager avec eux des nouvelles des uns et des autres. En évoquant le lien social, on invoque la vie : on maintient la personne en fin de vie *dans* la vie.

Tant que la conjugaison est possible, on peut mettre un verbe au futur. Tant qu'il reste du temps il faut en profiter, que ce soit un an, un jour, une heure, une minute, une seconde… Une personne est en perpétuelle mutation jusqu'à ce que la mort intervienne.

Loin de moi l'idée de vous servir le poncif selon lequel tant qu'il y a de la vie, il y a de l'espoir. Mais j'aime à dire que tant que la vie est là, nous devons repousser le désespoir de toutes nos forces.

La continuation d'un dialogue et, quand cela n'est plus possible, un simple geste, du temps, de la tendresse et de l'attention ouvrent les champs du possible.

Même quand la maladie est trop forte et que l'on ne peut plus lutter contre elle, même quand ce combat est perdu, il y en a un autre qui commence. Quand on ne peut plus rien faire contre la maladie, il faut faire pour le malade.

Il ne faut surtout pas provoquer la mort sociale avant que la mort physique ne fasse son œuvre.

Des gens admirables

Au Moyen Âge, on se préoccupait déjà en France de l'accompagnement des personnes en fin de vie. Il existait par exemple « les confréries de la Bonne Mort » qui se chargeaient d'assister les mourants, puis d'aider leurs familles pour l'organisation des funérailles et qui les soutenaient aussi durant la période du deuil.

Dans la seconde moitié du XIXe siècle, des organisations, souvent confessionnelles, se sont constituées, avec pour vocation d'accueillir et d'accompagner les mourants.

En 1842 une veuve, Jeanne Garnier, et deux de ses amies, veuves elles aussi, créent à Lyon l'Association des dames du Calvaire. Leur but était de soigner, de soulager et de consoler les malades incurables. À peine plus de trente ans plus tard, en 1874, la Maison des dames du Calvaire s'ouvre rue de Lourmel à Paris. Cette maison sera rebaptisée en 1971 « Maison médicale Jeanne-Garnier ». Il existe d'autres Maisons des dames du Calvaire à Lyon, Bordeaux, Marseille et Saint-

Étienne, la plupart possédant des lits de soins palliatifs.

En 1946, deux femmes laïques décident de partager ensemble une vie d'adoration. Elles créent une communauté qui prendra pour nom les Oblates de l'eucharistie. Elles ont en France deux maisons : l'une à Rueil-Malmaison près de Paris, Notre-Dame-du-Lac, l'autre près de Lille à Freleinghien, la Maison Jean-XXIII. Elles s'occupent désormais de soins palliatifs. À l'époque de la création de cet ordre, il n'était question que d'accompagner les mourants dans la compassion et la dignité.

Dans les années 1970, quelques associations laïques ou confessionnelles ont également vu le jour, mais leurs actions étaient limitées. En 1985, le ministre de la Santé, Edmond Hervé, a créé une commission ministérielle présidée par Geneviève Laroque pour s'intéresser à l'accompagnement des personnes en fin de vie. Après un an de travail, cette commission rend un rapport qui va donner lieu à « la circulaire du 26 août 1986 ». Ce document, reconnaissant la nécessité d'améliorer la prise en charge des mourants et de leur famille dans les hôpitaux, fut largement diffusé auprès des directeurs régionaux et départementaux des Affaires sociales et sanitaires, et aussi de tous les directeurs d'hôpitaux.

À partir de cette date, de nombreuses associations sont créées et des formations sont dispensées au personnel médical. Le 18 juillet 1991, la Charte des bénévoles, une note d'information de la Direction des hôpitaux, reconnaît l'action des associations de bénévoles à l'hôpital pour la prise en compte de la personne dans sa totalité.

Le rapport Delbecque de 1994 précisait, de manière formelle, les principales composantes de la philosophie de l'accompagnement : respect de la vie privée, prise en compte du malade et de sa famille comme un ensemble qui a besoin d'une aide pour s'adapter à une situation angoissante et déstabilisante, et pour parler et participer activement aux soins.

La loi du 9 juin 1999 sur les droits des malades, votée à l'unanimité par l'Assemblée et le Sénat, reconnaît officiellement le rôle des bénévoles et des associations qui organisent leurs interventions. Elle autorise aussi les salariés à prendre un congé d'accompagnement pour un proche en fin de vie.

L'article 10 indique : « Des bénévoles, formés à l'accompagnement de la fin de vie et appartenant à des associations qui les sélectionnent, peuvent, avec l'accord de la personne malade ou de ses proches et sans interférer avec la pratique des soins médicaux et paramédicaux, apporter leur concours à l'équipe de soins en participant à l'ultime accompagnement du malade et en confortant l'environnement psychologique et social de la personne malade et de son entourage. »

Je voudrais ici rendre hommage à deux associations que je connais bien. La première a été créée en 1983 et elle porte un message jusque dans son nom. Jusqu'à la mort accompagner la vie, plus connue sous le sigle Jalmalv. La seconde, l'association Pierre Clément, est implantée depuis 1986 en Alsace-Lorraine. Leur objectif est l'accompagnement des personnes et des familles touchées par les souffrances de la maladie grave, de la fin de vie et du deuil. Leurs bénévoles, comme ceux de toutes les associations dans ce domaine, sont des gens extraordinaires, des trésors infinis d'écoute et de réconfort. Ils s'appliquent, inlassablement, à garder jusqu'au bout le lien, la relation.

Il y a ainsi beaucoup de bénévoles, dans différentes associations, qui non seulement font partie du tissu social constitué autour du malade, mais qui le réparent quand il est désagrégé. Leur message peut se résumer ainsi : il ne faut pas seulement donner du temps à la vie, il faut donner de la vie et de l'intensité au temps qui reste.

Ne nous voilons pas la face : de nombreuses personnes se retrouvent, pour des raisons diverses, dans une solitude absolue à la fin de leur vie. Parmi eux, ceux qui ont survécu aux membres de leur famille, à leurs amis, à leurs voisins. Ou encore des sans domicile fixe qui, par volonté ou contraints par la vie, se retrouvent sans attaches. Grâce à ces bénévoles qui viennent à leur chevet, ces personnes renouent un lien social, retrouvent la relation à l'autre.

Bien entendu, ces bénévoles ne sont pas uniquement là pour ceux qui sont dans la solitude. Ils prennent aussi un relais efficace et bienveillant quand les proches ont besoin de souffler, de prendre du recul, ou tout simplement quand cet entourage doit faire face à des obligations, à un travail qui ne lui permet pas de rester en continu près du malade.

Nous, accompagnants extérieurs, nous sommes ceux auxquels on peut tout dire, avec qui l'on peut aussi faire silence et qui peuvent tout écouter. Mais nous ne nous substituons jamais à la famille et aux proches, nous marchons à leurs côtés, comme aux côtés de ceux qui terminent leur vie, à leur rythme.

Chapitre 3

Les liens du sang et du cœur

« Jésus, voyant sa mère,
et auprès d'elle le disciple qu'il aimait,
dit à sa mère : Femme, voilà ton fils.
Puis il dit au disciple : Voilà ta mère.
Et, dès ce moment, le disciple la prit chez lui. »
(Jn 19, 26-27)

Sur la croix, Jésus se préoccupe de sa mère – sans doute Joseph est-il mort auparavant. Il la confie à Jean qui prendra soin d'elle. Et nous voilà arrivés à la troisième couleur de notre arc-en-ciel d'émotion : celle qui symbolise la famille et les proches.

C'est un travail sur soi que d'intégrer l'idée de la mort de ceux qui nous sont chers, et c'est également souvent un difficile parcours pour le mourant que d'accepter de laisser les siens dans le chagrin. Cette étape de la quête de la famille et des proches est déterminante.

J'évoquais, dans le chapitre précédent, le cas des personnes qui se retrouvent seules en fin de vie. Mais dans la grande majorité des cas, fort heureusement, la famille et les proches entourent l'être aimé. Ils sont la composante indispensable de la quête de la famille et des proches dont personne ne doit être écarté.

Des fables sur la vie devenues fables sur la mort

Souvent, ce sont les enfants qui sont les premiers éloignés quand la mort fait irruption dans le cercle familial.

Quand j'étais petit garçon, je vous en faisais part plus tôt dans cet ouvrage, j'avais un rapport à la mort totalement pragmatique. Non seulement, dans mon village, la mort n'était pas cachée, mais je me souviens d'avoir été en visite dans la maison de mon grand-père ou de ma marraine défunts pour prier devant leurs dépouilles avec la famille. Il n'y avait pas de mensonge autour d'un décès à cette époque. « Grand-père est mort », me disait-on… Pas de légende sur un long voyage, point de chuchotements dans le dos des enfants. Et pourtant j'ai la certitude de ne pas avoir été traumatisé par cette réalité.

En revanche, à la même époque, mes connaissances sur le processus biologique du début de la vie étaient inexistantes ! On m'avait raconté, et j'y croyais dur comme fer, que c'étaient les cigognes qui apportaient les bébés. Il suffisait de placer un morceau de sucre sur le rebord de la fenêtre, pour que le bel animal au long bec dépose en échange un nourrisson !

Aujourd'hui, n'importe quel enfant auquel vous tenteriez de raconter cette jolie légende vous rirait au nez. Même si un gamin ne connaît pas précisément, dès son plus jeune âge et dans le détail, le processus de reproduction, à sept, huit ans on sait au moins dans les grandes lignes comment arrive le petit frère ou la petite sœur. Il n'est plus question de cigognes, de choux, de roses ou autre conte de fées.

À l'inverse, les enfants d'aujourd'hui ne savent rien ou presque de la mort. On ne prononce pas ce mot devant eux. Dans les hôpitaux, ils sont même écartés par les règlements (on déconseille dans certains services la présence d'enfants en bas âge… sans préciser ce que veut dire bas âge…).

À un enfant qui pose des questions pour savoir ce qu'est devenu grand-père qui a quitté sa maison pour aller à l'hôpital et qui n'en revient pas, on répond parfois : « Cela n'est pas une conversation pour les enfants. » Ou encore par une fable digne de la cigogne de mon enfance : « Il est parti se reposer dans une belle maison dans la prairie. » Que n'ai-je entendu comme explications farfelues ! « Les enterrements ne sont pas pour les enfants » est une phrase péremptoire et définitive que j'entends également très souvent. « Un enfant ne peut pas comprendre ce qu'est la mort » fait aussi partie de cette liste. J'ai pour coutume de répondre à cette affirmation par une question : « Et vous, l'adulte, vous savez ce qu'est la mort ? »

Parti pour un long voyage

Je me trouvais chez des amis pour dîner quand la conversation s'est portée sur un de leurs proches récemment décédé, Robert, un ami musicien qui jouait tous les dimanches avec son orchestre dans leur restaurant. Leur fils était encore à table avec nous, quand j'ai posé la question :

— Comment sa femme affronte-t-elle sa mort ?

Je me suis bien rendu compte que j'avais dû gaffer, mais je ne comprenais pas bien à quel sujet... J'avais du mal à décrypter les mimiques désespérées de mon hôtesse. Elle faisait la grimace, tout en me désignant du regard leur fils de six ans et demi, Quentin. Un manège accompagné d'un détournement brutal de la conversation vers un autre sujet. Dès que le gamin eut quitté la table des adultes pour aller se coucher, j'ai eu droit à des éclaircissements.

— Quentin ne sait pas que Robert est mort.

— Mais comment va-t-il s'expliquer que cet homme, qu'il appelait tonton Robert et qui était chez vous tous les dimanches, ne soit plus là ?

Elle m'a alors expliqué qu'elle avait dit à son fils que tonton Robert était parti pour un long voyage.

— Tu ne penses pas que cela va être très compliqué de faire comprendre autre chose à Quentin ? Comment peut-on, tout à coup, partir sans jamais revenir ?

Elle ne savait que répondre à cette simple question... Le petit Quentin risque désormais d'être très angoissé quand on lui dit que son papa part au travail ou que sa maman va faire des courses... Je suis quasi certain qu'il peut nourrir des angoisses disproportionnées par rapport à ces déplacements anodins.

En voulant à tout prix éviter de confronter son enfant à l'idée de la mort, elle risquait de déclencher des peurs plus quotidiennes et plus difficiles à apaiser. Quentin n'est pas, comme je l'étais à son âge, familiarisé avec la réalité de la mort. Plus on la lui cacherait, plus violente en serait sa réaction le jour de sa confrontation inéluctable avec cette vérité.

Absence à toutes les étapes

J'ai préparé, il y a quelques mois, la célébration de la messe d'enterrement de Jacques avec sa fille. C'était un papi génial, qui s'était beaucoup occupé de ses petits-enfants ; il allait les chercher à la sortie de l'école et les gardait tous les mercredis. Son décès brutal fut un choc pour toute sa famille, et plus particulièrement pour sa fille unique. Alors que nous préparions la cérémonie d'enterrement, je lui ai demandé comment elle comptait inclure ses deux fils, âgés de neuf et onze ans, dans la célébration.

— Mais vous n'y pensez pas, père Denis ! Il est hors de question que les enfants assistent à l'enterrement et encore moins qu'ils y participent.

Comme je l'interrogeais sur la raison de l'exclusion de ces deux petits garçons qui avaient grandi avec leur papi toujours présent à leurs côtés, elle me fit une réponse étrange :

— Ils pourraient être traumatisés en imaginant leur papi entre ces quatre planches !

Cette mère était aussi une fille, et c'est la fille qui s'exprimait alors. Cette angoisse était la sienne.

Ce n'était pas la crainte du traumatisme de ses enfants qui la poussait à me dire une telle chose, car, à leurs âges, ce n'est pas ainsi qu'on exprime son anxiété. Ce qu'elle me livrait, en fait, c'était sa propre angoisse. J'étais perplexe et je n'ai même pas osé lui demander comment elle allait expliquer à ses gamins l'absence, définitive, de leur grand-père.

L'inacceptable réalité

Nous l'avons vu : expliquer la mort aux enfants n'est plus de mise. « On » a décrété qu'ils ne pouvaient pas comprendre.

Ce sont pourtant les parents qui, les premiers, doivent aborder le sujet de la mort avec leurs enfants. C'est certes un thème déjà difficile à évoquer entre adultes, mais le sens profond de l'éducation est la transmission de tout ce qui pourra aider un enfant à franchir les obstacles et les difficultés. C'est donc une des fonctions parentales que de parler de la mort. La disparition d'un proche, qui entraîne d'inévitables questions enfantines, est un temps adéquat pour le faire.

Aussi importante que la tentative de faire comprendre, il y a également, à mon avis, le devoir de les impliquer. Je m'explique : les enfants ne doivent pas être écartés, sauf dans certaines situations extrêmes, de l'accompagnement de fin de vie. De même qu'ils ne doivent pas être éloignés lors des rituels entourant le décès, tels que les enterrements. Viendrait-il à l'idée d'écarter les enfants lors d'un baptême ou d'un mariage ?

Jonathan et son grand-père

J'ai eu la surprise en entrant dans une chambre de l'hôpital, de trouver, perché sur le lit d'un monsieur d'une soixantaine d'années atteint d'un cancer de l'estomac en phase terminale, un petit bonhomme de huit ans qui se servait des draps comme d'une piste pour ses petites voitures. Jonathan était venu rendre visite à son grand-père mourant, et il voulait lui montrer ses nouveaux jouets. La maman de Jonathan m'a expliqué sa présence :

— Il voulait absolument voir son papi. Mais nous l'avons prévenu, avant de venir à l'hôpital, qu'il avait un peu changé. Qu'il avait maigri et qu'il avait du mal à respirer. Nous lui avons aussi expliqué que les docteurs faisaient tout pour qu'il aille mieux, mais que sa maladie était très grave. Jonathan sait qu'il y a peu de chance que son grand-père rentre chez lui, alors il a voulu venir le voir ici.

C'était une famille où la parole circulait librement. Pas de tabous, Jonathan avait conscience, malgré son jeune âge, de la gravité de l'état de son grand-père. Nul ne l'avait contraint à venir lui rendre visite. C'est lui qui avait exprimé sa volonté.

Jonathan est revenu, avec sa maman et sa grand-mère, passer une dizaine de minutes dans la chambre de son papi, pendant huit jours. Au moment où cet homme s'est éteint, Jonathan était présent et il caressait sa main en murmurant : « Papi, je t'aime. »

Durant la cérémonie funéraire, le jeune Jonathan a lu une très émouvante lettre à son grand-père, dans laquelle il exprimait, avec ses mots d'enfants, tout l'amour qu'il lui portait.

Guigui prépare son entourage à son départ

C'est toujours avec une grande émotion et une grande tendresse que je me souviens de Guigui. Il nous a quittés il y a quatre ans déjà, dans sa quinzième année. Il souffrait d'une maladie génétique. Depuis quelque temps, il avait pris conscience de la gravité de son état. Il avait enchaîné, dès son plus jeune âge, les séjours à l'hôpital, pour passer de nombreux examens et suivre un traitement qui n'aura pu que ralentir la progression de sa maladie. Malgré les épreuves, il a réussi à prendre le dessus, et sa joie de vivre a toujours été plus forte que la déprime et la tristesse, lui permettant de suivre une scolarité exemplaire. Il aimait rire, écouter de la musique, jouer de la guitare, et cultivait de profondes amitiés. La différence notable avec un autre adolescent du même âge était sa grande maturité. Tout en gardant espoir, il avait préparé son entourage, parents et amis, à l'inéluctable.

Il disait :

— La vie est une chose merveilleuse qu'il faut protéger comme un trésor.

J'étais sidéré par sa lucidité et par sa sérénité. Il a pris soin, avant de franchir les portes du bloc opératoire pour une ultime intervention, de dire :

— Maman, je t'aime.

Et de faire un petit signe de la main qui signifiait : « Ne vous en faites pas, je suis fort. Au revoir. »

Lors de la célébration de ses funérailles, c'est son meilleur ami, Michaël, qui a pris la parole. Ses phrases résonnent encore en moi.

— Guigui, tu es venu parmi nous comme un messager de la vie, pour nous apprendre le bonheur, le courage et, l'essentiel, l'amour. La spiritualité dans tous les sens du terme, âme et humour, ne te faisait jamais défaut. Tous les beaux souvenirs et les instants magiques que tu nous as offerts sont en nous à jamais.

Guigui avait injecté une telle dose d'espoir et de vie en chacun de ceux qui l'entouraient qu'il les a soutenus, au-delà de son départ, les aidant à avancer sur les chemins de la vie.

Pascalou et le chagrin de sa maman

Pascalou était le surnom que lui donnait sa mère, et que ses proches avaient adopté. Un garçon de trente-trois ans, beau, brillant professionnellement, aimé de ses amis et de ses nombreuses conquêtes féminines, adulé par sa maman. Pascalou avait un cancer, il avait été opéré et il multipliait les séjours à l'hôpital.

Ce ne fut pas un accompagnement ordinaire. Nous nous étions certes rencontrés dans le cadre hospitalier, mais c'est en bavardant « classiquement » que nous sommes devenus amis au fil des mois. Nous avons beaucoup discuté. Il me parlait de lui, mais je lui ai, moi aussi, ouvert la porte de mon jardin secret. Nous étions mutuellement en confiance. Ce n'étaient pas des échanges dans le cadre de l'accompagnement d'une personne en fin de vie, nul ne voulait imaginer cette issue à sa maladie. Ce n'est pas au prêtre qu'il se confiait, mais à un ami qui par son expérience est confronté à la mort. Je suis donc absolument certain que sa principale préoccupation, qu'il me confia à de nombreuses reprises, n'était pas convenue.

Je lui parlais souvent de ma maman souffrante, qui décéderait d'ailleurs un mois après lui, et de mon appréhension face à sa disparition prévisible. Lui n'appréhendait qu'une chose quant à sa propre disparition :

— Si je venais à mourir, que va devenir maman ?

Elle était seule depuis des années, et son fils unique était sa raison de vivre. Jamais un instant Pascalou n'a envisagé sa disparition sous un autre angle que celui du chagrin de sa mère.

Un jour, bien avant sa disparition, il s'était d'ailleurs arrangé pour que je la rencontre et que nous entamions un dialogue, qui se poursuit depuis. Aujourd'hui encore, je suis en relation avec elle. Nous nous parlons souvent au téléphone, elle vient régulièrement me voir à Strasbourg, nous déjeunons ensemble et nous parlons de Pascalou. Ce dernier avait trouvé, avant de mourir, le moyen de calmer son angoisse sur le devenir de sa maman. Tous ses amis, dont je fais partie, se soucient toujours d'elle. Ils l'aident à continuer sa route en gardant vivant le souvenir de Pascalou.

Une épouse formidable

Il m'arrive très régulièrement de rencontrer, longtemps après la mort de leur époux ou de leur femme, des veufs et des veuves avec lesquels j'évoque les disparus. Bien au-delà du travail de deuil, il m'est arrivé de constater qu'ils culpabilisaient ou avaient l'impression de trahir celui ou celle qu'ils avaient tant aimé, en refaisant leur vie.

J'ai récemment célébré le mariage de Marc. Et s'il a pu, tout naturellement, me faire participer à son actuel bonheur, c'est parce que Christine, sa première femme, avait eu une attitude lucide et altruiste avant de mourir.

Christine est décédée il y a un peu plus de deux ans. Elle n'avait que quarante-cinq ans et c'est un cancer de l'utérus, malheureusement diagnostiqué tardivement, qui l'a emportée. Elle était au courant de l'évolution de sa maladie, elle avait demandé aux médecins la vérité et elle l'avait assumée. Lors de nos discussions, elle était très préoccupée par ce qu'il allait advenir de son époux après sa disparition.

— Denis, je vais mourir, mais Marc refuse cette perspective et je n'arrive pas à aborder la question avec lui.

— Que voudriez-vous lui dire ?

— Il est encore jeune et je voudrais lui faire comprendre qu'il va devoir continuer la route sans moi. Et je sais qu'il sera perdu tout seul. J'aimerais tant lui dire qu'il devra encore vivre et aimer… Je suis incapable de trouver les mots, mais si un jour, quand je ne serai plus là, il vous en parle, pourriez-vous lui faire comprendre…

— Mais vous savez, même si Marc ne l'exprime pas, il est parfaitement conscient de la gravité de votre état. Je veux bien, le moment venu, lui transmettre votre message, mais je trouve dommage que vous ne puissiez pas le lui dire vous-même. C'est une telle déclaration que d'aimer quelqu'un au point de vouloir son bonheur au-delà de sa propre existence...

Quelque temps plus tard, peu avant de mourir, Christine m'a raconté lors d'une discussion son ultime preuve d'amour envers Marc :

— C'est fait, Denis. Je lui ai dit hier soir que j'aimerais, si je venais à disparaître, qu'il trouve auprès d'une autre femme la même complicité, le même amour que celui que nous avons partagé.

Christine avait non seulement fait comprendre à Marc combien elle l'aimait, mais lui avait donné la possibilité de se reconstruire après son décès.

Ceux qui sont en fin de vie ont souvent tendance à vouloir protéger leur entourage. De la même manière, les proches évitent parfois de parler au futur pour ne pas exclure le mourant. L'avenir de l'autre ne cesse pas d'exister parce qu'on n'en parle pas.

Le travail de deuil et celui de l'indispensable reconstruction sont facilités quand les évidences n'ont pas été esquivées.

Christine, en parlant à Marc de la nécessité de refaire sa vie, lui a donné la chance de pouvoir continuer son chemin sans qu'il ait l'impression de trahir celle qu'il avait aimée.

Un laboureur sentant sa mort prochaine...

Qui ne connaît cette fable de la Fontaine ?

« Un riche laboureur, sentant sa mort prochaine,
Fit venir ses enfants, leur parla sans témoins.
"Gardez-vous, leur dit-il, de vendre l'héritage
Que nous ont laissé nos parents :
Un trésor est caché dedans.
Je ne sais pas l'endroit ; mais un peu de courage
Vous le fera trouver : vous en viendrez à bout.
Remuez votre champ dès qu'on aura fait l'août :
Creusez, fouillez, bêchez ; ne laissez nulle place
Où la main ne passe et repasse."
Le père mort, les fils vous retournent le champ,
Deçà, delà, partout : si bien qu'au bout de l'an
Il en rapporta davantage.
D'argent, point de caché. Mais le père fut sage
De leur montrer, avant sa mort,
Que le travail est un trésor. »

Jusqu'à son dernier souffle, ce laboureur fut dans la transmission. Il fit ainsi passer un message à ses fils sur la valeur du travail.

J'ai moi-même accompagné, il y a quelques années, un laboureur moderne. Il s'appelait Jacques, il n'était pas tout à fait laboureur, non, il était boulanger. Il avait monté un commerce prospère et avec sa femme ils avaient adopté vingt ans plus tôt Thian, un petit Vietnamien. Jacques est mort dans la force de l'âge, emporté par un cancer du colon. Il m'a confié un jour, alors que je lui rendais visite dans sa chambre :

— Denis, je vais pouvoir m'en aller maintenant. J'ai longuement parlé avec mon fils Thian hier soir. Il a bien les choses en main à la boulangerie et il m'a dit qu'il n'avait pas choisi cette voie pour me faire plaisir, mais parce qu'il aimait vraiment le métier. Tout est en ordre.

Ce dont Jacques se préoccupait, ce n'était pas de la boulangerie, mais bien de l'héritage spirituel, de la transmission à son fils.

C'est en parlant avec lui de leur métier qu'il lui avait en fait dit tout son amour pour lui, et toute la fierté qu'il éprouvait à voir son fils reprendre le flambeau. Thian est aujourd'hui un boulanger prospère, et quand je passe dans la petite ville où se trouve son commerce, je ne manque jamais de m'arrêter pour acheter un croissant et parler avec lui de son papa.

Le lien physique

Dans les hôpitaux, la souffrance est désormais combattue avec des analgésiques qui induisent un état de conscience altéré. Ce qui oblige le personnel à prendre des précautions pour ne pas que le malade tombe de son lit, par exemple. C'est ainsi que des barrières sont levées pour éviter ce risque. Elles protègent mais, en même temps, elles créent un obstacle à la proximité physique. Ce contact physique est pourtant celui qui doit perdurer jusqu'à la fin, même quand la parole n'est plus possible.

J'ai remarqué que ceux qui rendent visite à des personnes en fin de vie ne savent souvent pas comment se comporter. Ils hésitent à s'approcher du lit. Ils ont peur de faire mal au malade en le touchant, ils ne savent pas s'il les entend. Ils sont perdus. Jusqu'au bout, pourtant, le contact physique est un élément capital.

Quand je suis présent lors de visites, je n'hésite pas à baisser les barrières qui encadrent le lit, à rapprocher des chaises pour permettre au maximum le lien physique. J'incite au tactile : prendre une main dans la sienne, caresser un front. Et au verbal, même à sens unique : il faut parler avec le malade, même s'il paraît ne pas entendre. Tous ces gestes de vie sont utiles jusqu'au bout et le personnel hospitalier sera toujours là pour permettre cette proximité.

Chapitre 4

De l'humain et du divin

« J'ai soif. »
(Jn 19-28)

C'est l'une des plus belles phrases de quête d'humanité, prononcée par le Christ en croix. Nous entrons dans la quatrième couleur de la gamme de notre arc-en-ciel de vie et d'émotions.

Sedare dolorem opus divinum est *(Hippocrate)*

Calmer la douleur, c'est faire œuvre divine.

Soulager la douleur est pour moi un impératif préalable à tout questionnement sur la mort. Rien ne sert de donner des conseils ou de théoriser, si l'on ne tient pas compte de la souffrance induite par la plupart des pathologies conduisant à une issue fatale.

Pour le prêtre que je suis, tout discours pieux est vain si l'on n'a pas le souci de tout mettre en œuvre, au préalable, pour soulager. Si la douleur accable le malade, elle l'isole, tout son mental est submergé, nul champ de réflexion n'est possible. Une spirale s'enclenche : s'il a mal physiquement, il souffre moralement, et dans la souffrance morale, la douleur physique est plus grande.

L'entourage également est touché. Quand on voit souffrir quelqu'un que l'on aime, on est imperméable à tout contact avec lui comme avec les autres.

Je n'arrive pas à nouer un dialogue avec une famille qui voit un être cher accablé par la douleur. Parfois les proches sont inquiets de la perte partielle ou totale de conscience induite par un traitement antalgique. Ils ont l'impression de perdre prématurément le lien avec le malade. Quelles que soient les conséquences au niveau de la lucidité, il est inconcevable de laisser souffrir quelqu'un. Il faut comprendre que le contact est rendu impossible par la douleur, la souffrance élevant une barrière infranchissable entre le malade et les autres.

Un éléphant qui trompe

En Inde, six hommes, sages et aveugles, se trouvent en présence d'un éléphant. Ils n'ont que leurs mains pour deviner ce qui est face à eux.

Le premier tâte une défense et s'écrie : « C'est une épée ! »

Le deuxième touche le flanc de l'animal et dit alors : « Non, c'est un mur ! »

Le troisième entoure une patte de ses bras et s'exclame : « Mais c'est évident, c'est un arbre ! »

Le quatrième attrape par hasard la trompe et dit : « Mais c'est un serpent ! »

Le cinquième caresse une oreille : « Je vous dis que c'est un éventail ! »

Et enfin le sixième, saisissant la queue, s'écrie : « C'est bien sûr une corde ! »

Ils se disputent longuement, chacun défendant son opinion. Ils ont tous partiellement raison et entièrement tort.

Cette histoire indienne nous enseigne une chose importante : il ne faut jamais prendre en compte une seule partie de la personne.

Que nous soyons mourant ou en parfaite santé, nous sommes une globalité : à la fois parcelle et tout de l'humanité.

Il faut respecter à la fois les attentes morales, physiques et spirituelles. Si l'on oublie un seul aspect, on nie la personne. Il est donc indispensable de se préoccuper d'apaiser la souffrance physique pour que les autres parties de l'être puissent être prises en considération.

La position de l'Église

On a souvent reproché à l'Église d'avoir une position doloriste. Il est vrai que, pendant des siècles, le discours qu'elle a tenu peut se résumer ainsi : il faut offrir sa souffrance à Dieu.

On disait même que la souffrance purifiait l'âme et que la douleur aiguisait l'humilité et qu'elle devenait une forme possible de dévotion.

En 1677, l'évêque d'Agen, monseigneur Claude Joly, écrivait à propos de la maladie dans son manuel de catéchisme : « Pourquoi Dieu nous envoie-t-il des maladies ? Un : c'est pour mortifier notre corps et le rendre obéissant à l'esprit. Deux : pour nous détacher de l'amour des créatures et pour nous convertir à Lui. Trois : pour nous préparer à bien mourir. »

Vivre la mort comme une libération de la souffrance, après avoir transcendé cette dernière sur le plan spirituel, rendait son acceptation plus facile. Mais il faut replacer dans son contexte historique cette ancienne position de l'Église, bien éloignée de celle prônée aujourd'hui. Entre les origines de la médecine et la découverte d'antalgiques performants, des siècles se sont écoulés.

Au chevet des souffrants, lorsque la médecine était impuissante face à la douleur, c'est l'Église qui était convoquée en dernier recours. Que pouvait alors faire ou dire le prêtre ou la religieuse, si ce n'était d'encourager le malade à vivre sa souffrance en lien avec la Passion du Christ ? En récompense de l'épreuve subie était promis un au-delà radieux. Mais que pouvaient-ils faire d'autre ?

La prise en charge médicale de la douleur est récente. Alors que l'on disposait de substances permettant de lutter contre elle, la souffrance fut longtemps négligée. Pour plusieurs raisons : il y avait la défiance du corps médical par rapport à des produits qui provoquaient une accoutumance et une dépendance. La douleur était également utilisée comme information pour poser un diagnostic. Les progrès dans le domaine de l'exploration médicale et en pharmacologie ont permis fort heureusement de vaincre ces résistances.

Dans un premier temps, la médecine se tournait donc vers l'Église quand elle était impuissante à soulager. Puis les théologiens ont ensuite tenu compte des avancées médicales pour réfléchir sur la position de l'Église par rapport à la douleur.

Aujourd'hui, l'Église n'est plus celle qui doit gérer l'ingérable. Sa position sur la question de la douleur a donc pu évoluer. Déjà Pie XII en 1959 affirmait : « Si le mourant y consent, il est permis d'utiliser avec modération des narcotiques qui adoucissent ses souffrances, mais entraîneront aussi une mort plus rapide. Dans ce cas, en effet, la mort n'est plus voulue directement, mais elle est inévitable et des motifs proportionnés autorisent des mesures qui hâteront sa venue. »

Des droits humains

Je n'hésite pas à apporter, dans ces pages, ma contribution à ce débat, si présent ces derniers mois, sur l'euthanasie, ou, pour employer les mots du législateur, sur une loi relative au droit des malades et à la fin de vie.

Il m'est arrivé de me retrouver au chevet de malades qui réclamaient la mort. Il faut décoder leur demande : « je veux mourir » ne veut pas dire « tuez-moi ».

Ma première préoccupation est de voir avec le personnel médical si la question de la douleur a été prise en compte et si la réponse apportée est efficace.

Il faut ensuite évaluer à quelle phase du traitement médical en est le malade. Et se poser la question : a-t-on atteint le stade de ce que le code de déontologie médicale appelle depuis 1995 « l'obstination déraisonnable dans la thérapeutique » et que nous appelions avant de l'acharnement ? Là, mon expérience m'incite à une grande prudence. J'ai souvent constaté que la médecine moderne refusait l'inéluctable.

Eh oui, on meurt encore malgré une science sans cesse en progrès ! Et l'on meurt parfois entouré d'un équipement sophistiqué, mais sans chaleur humaine…

Mourir ne doit jamais être un voyage solitaire porté par une science et une technologie de plus en plus performantes, mais privé d'humanité et d'amour.

Nombreux sont les médecins que je croise qui n'ont pas un passeport en cours de validité pour franchir la frontière entre soins curatifs et soins palliatifs. Et s'ils ont des difficultés à la discerner, c'est aussi parce qu'elle a longtemps été floue. Il y a parfois un acharnement dû à une idéalisation, une « sacralisation » de la médecine, de la part des praticiens eux-mêmes, mais aussi, souvent, venant des malades et de leur entourage.

Le troisième facteur que j'intègre à ma réflexion est la prise en compte de la souffrance morale. Est-ce que nous répondons aux requêtes du malade ? Quels sont ses angoisses et ses souhaits ? Qu'est-ce qui peut améliorer son confort mental ?

Mais même en ayant répondu à toutes ces questions, il m'est arrivé de me retrouver face à des patients qui maintenaient leur volonté d'en finir sans plus tarder. Qui suis-je pour juger où un autre être place sa dignité ?

Mes convictions religieuses m'inclinent à un grand respect de la vie, mais elles me dictent également un immense respect de l'homme.

La proposition de loi sur la fin de vie a été adoptée par un large consensus en première lecture à l'Assemblée nationale le 30 novembre 2004. Puis le processus a suivi son cours jusqu'à l'adoption définitive. Il existait déjà un cadre, un code de déontologie médicale et des lois (les articles 36, 37 et 38 du code de déontologie, la loi du 9 juin 1999 sur les soins palliatifs et celle du 4 mars 2002 sur le droit des malades).

Depuis vingt ans que j'accompagne des personnes en fin de vie, j'ai été confronté à des cas douloureux bien avant toutes ces lois. Dans le huis clos d'une chambre d'hôpital, entre deux consciences, celle du malade et celle du médecin, après dialogue et consultation d'une équipe médicale, je peux comprendre que l'on accède à une demande d'euthanasie. On ne peut réduire à une simple intention criminelle un acte qui se veut compassionnel. Je peux comprendre le docteur Chaussoy. Dans son livre dont le titre, *Je ne suis pas un assassin*[1], est déjà un cri, il explique son geste, il dit pourquoi il a accédé à la requête d'euthanasie de Vincent Humbert, et il exprime aussi sa foi en Dieu. Oui, je comprends ce médecin plein de compassion. Même si son geste doit rester, selon moi, de l'ordre de l'exception.

L'exception ne change pas la règle

J'emploie parfois une image très pragmatique pour illustrer ma position. Il m'est arrivé, je l'avoue, de ne pas respecter le code de la route. Je ne suis probablement pas le seul, ce qui n'en diminue en rien ma responsabilité.

Dans un cas de force majeure, appelé au chevet d'un patient mourant par exemple, j'ai déjà roulé au-dessus de la limitation de vitesse imposée. Je peux justifier de cette exception, et un juge devant lequel j'aurais été convoqué pour cette infraction aurait sans doute été clément. Est-ce pour autant

1. Oh ! Éditions, 2004.

qu'il faut changer le code de la route pour ce cas particulier ?

Même si la dernière loi votée sur l'accompagnement de fin de vie ne couvre pas tous les cas, nous sommes, à mon avis, arrivé à un bon équilibre.

Cette loi parle de « permettre » la mort, mais pas de la « donner ». Il y aura toujours, comme il y en a toujours eu, des exceptions. Des équipes médicales admirables n'ont jamais fui devant les lourdes responsabilités qui leur incombent alors.

Dire ou ne pas dire

Les équipes soignantes sont de plus en plus performantes dans le traitement de la douleur. Mais cette prise en charge médicale doit être assortie d'une interrogation sur l'information à donner au malade et à son entourage.

Les équipes avec lesquelles je travaille à l'hôpital de Hautepierre peuvent être à ce titre un exemple.

La loi du 4 mars 2002 oblige à l'information du patient, mais il y a différentes manières de l'appliquer. On peut le faire de façon froide, statistique et technique, en donnant le diagnostic et l'évolution probable. Mais on peut aussi prendre en compte le versant humaniste : le respect de la personne et de son intégrité psychologique. Est-elle capable de supporter la révélation d'un état évolutif grave ? Souhaite-t-elle vraiment la vérité ? Peut-on briser les espoirs de quelqu'un qui serait dans le déni de sa mort ?

Il faut savoir qu'avant la mise en œuvre des traitements palliatifs, il y a eu préalablement tout un dialogue avec le malade. Du temps a été consacré à l'explication de l'évolution de son état, il est invité à poser des questions. C'est l'exercice de la médecine dans le sens le plus noble du terme : le malade n'est plus l'objet du soin, il en est le sujet.

Il faut arriver à dire « sa vérité » au malade et pas forcément « la » vérité. J'ai accompagné des gens qui sont partis avec un espoir fou dans une issue positive, et c'est ce qu'il leur fallait. J'en ai vu d'autres, parfaitement conscients de l'inéluctable, et qui avaient besoin de cette connaissance pour aborder leur mort.

Jérôme et la vérité à son père

Il y a quelques mois, Jérôme, un jeune gardien de la paix de vingt-deux ans, m'a demandé si l'on pouvait parler, alors que je le croisais en sortant de la chambre de son père. Ce dernier, âgé de soixante-dix ans, était en phase terminale d'un cancer du poumon. Je lui ai proposé de venir me voir dans mon bureau quand il aurait rendu visite à son papa. Deux heures plus tard, il y entrait timidement.

— Père Denis, je viens vous voir parce que je suis face à un dilemme. Mon père semble beaucoup vous apprécier, il me dit souvent que parler avec vous lui fait du bien, alors je suis venu vous demander un conseil. Les médecins m'ont dit que papa n'avait, au maximum, que quelques mois à vivre. Son cancer a métastasé et il ne répond plus aux traitements, une nouvelle tumeur se développe rapidement…

— Pour ce qui est des questions médicales, Jérôme, c'est avec les médecins qu'il faut que vous parliez.

— Je ne viens pas vous voir pour ça, père Denis. Voilà, les médecins ne le lui ont pas encore annoncé, ma mère n'ose pas en parler avec lui et mes deux sœurs pleurent dès qu'on aborde ce sujet. Pourtant papa a toujours détesté les mensonges. Lorsque sa propre mère, ma grand-mère, est morte d'un cancer il y a quelques années, il lui avait dit lui-même la vérité. Il était convaincu qu'il ne fallait pas lui voler sa mort, et elle lui a été reconnaissante de l'en avoir informée.

— Vous pensez donc que votre papa voudrait savoir ?

— Je ne sais pas, mais je pense qu'on lui doit la vérité. Je voudrais, avant de lui parler, savoir si vous pensez qu'il peut accepter la vérité sur son état actuel.

— Il faut que vous en parliez avec le personnel médical. La seule chose que je puisse vous dire, c'est que votre père est très fier de vous et de vos sœurs. Il m'a plusieurs fois répété qu'il était heureux d'avoir des enfants si droits et si responsables. C'est à vous de voir, vous le connaissez mieux que moi…

Quelques jours plus tard, Jérôme est revenu dans mon bureau pour me dire que, avec l'accord des médecins, une ambulance allait ramener son père à la maison. Toute la famille avait décidé, d'un commun accord, que Jacques terminerait sa vie chez lui, entouré des siens. Avant de quitter l'hôpital, Jérôme m'a raconté comment il avait annoncé les choses à son père :

— Il m'a demandé avant-hier si j'avais parlé avec ses médecins. Je lui ai alors dit que j'allais faire ce qu'il m'avait toujours enseigné : ne pas mentir. Je lui ai parlé des métastases et de la nouvelle tumeur qui apparaissait, et je lui ai annoncé le pronostic… Il n'était pas inquiet pour lui, il m'a dit qu'il avait compris depuis un moment déjà, mais qu'il se préoccupait plus de notre réaction que de son état.

Jacques est mort chez lui, deux mois plus tard, après avoir reçu les meilleurs soins et entouré de l'amour des siens.

J'étais passé bavarder avec lui quelquefois. Notre dernière conversation, il l'avait conclue ainsi :

— Ça va, j'ai bien vécu.

Ce sont ses mots, et je les ai repris lors de son enterrement.

Hélène, jeune infirmière

Mariette, quatre-vingt-trois ans, avait un cancer de l'appareil digestif qui avait gagné dans le combat qu'elle menait contre lui depuis des mois. Avant de la mettre sous morphine pour lui éviter une souffrance intolérable, le médecin et une infirmière s'étaient entretenus avec elle, pour lui expliquer que le traitement allait petit à petit altérer son état de conscience.

Hélène, jeune infirmière de vingt-deux ans, lui avait demandé si elle souhaitait rencontrer quelqu'un avant que la morphine ne lui soit administrée. Cette vieille dame n'avait plus de famille, juste quelques amis et des voisins qu'elle ne souhaitait pas déranger car il était plus de 21 heures. Elle lui dit donc qu'elle voulait me voir.

À mon arrivée dans sa chambre, Mariette souffrait terriblement, mais elle voulait être consciente pour que je lui donne l'absolution après une brève confession.

En lui donnant de la morphine avant ma visite, on lui aurait volé sa mort, mais là sa volonté a été respectée. Hélène, la jeune infirmière, ne s'est pas contentée de s'enquérir de la volonté de Mariette. Alors que son service était terminé et que son petit ami l'attendait à la maison, elle a tenu à rester avec moi aux côtés de Mariette, jusqu'à sa mort quelques heures plus tard.

Les gestes de compassion

La parabole du bon Samaritain résume pour moi le parcours compassionnel à accomplir auprès des malades.

L'Évangile selon saint Luc (10, 30-35) raconte comment Jésus enseigna à un docteur de la Loi, la reconnaissance de son prochain avec l'histoire du bon Samaritain.

Un voyageur tomba sur des bandits qui, après l'avoir dépouillé et roué de coups, le laissèrent à moitié mort. Deux hommes croisant sa route juste après le virent sur le bas-côté, mais détournèrent leurs regards sans lui prêter assistance. Mais un Samaritain qui était en voyage arriva près de lui ; il le vit et fut saisi de pitié. Il s'approcha et pansa ses plaies en y versant de l'huile et du vin. Puis il le chargea sur sa propre monture et le conduisit dans une auberge où il prit soin de lui. Le lendemain, il sortit deux pièces d'argent et les donna à l'aubergiste, en lui disant : « Prends soin de lui, tout ce que tu auras dépensé en plus, je te le rendrai quand je repasserai. »

Notre bon Samaritain ferait aujourd'hui un parfait accompagnant de personnes en fin de vie.

Il voit un homme souffrir, à moitié mort, dit la parabole, et il s'approche. Il se préoccupe ensuite de sa souffrance physique, en pansant ses plaies. L'image du Samaritain chargeant l'homme sur sa monture se traduit pour moi par l'acte de prendre en charge une partie de la souffrance de l'autre. Et enfin il le conduit dans un lieu où l'on prend soin de lui, ce que je vois comme le partage, le travail d'équipe. Cette parabole du bon Samaritain est toujours très actuelle : proches, soignants, bénévoles, nous avons tous un rôle à tenir auprès de ceux qui souffrent.

La condition humaine

J'étais, en fin de journée, dans mon bureau à l'hôpital, quand soudain une dame d'un âge certain, et dans un état d'agitation tout aussi certain, y fit irruption :

— Monsieur l'abbé, il faut venir très vite ! Mon mari est en train de mourir, il faut lui donner l'extrême-onction. Vite, suivez-moi, dépêchez-vous !

Elle semblait fort agacée que je n'aie pas aussitôt bondi de mon siège pour la suivre dans le couloir, et elle répétait en boucle :

— Dépêchez-vous ! Dépêchez-vous !

J'essaye dans un premier temps de calmer cette dame, pour savoir déjà dans quel service était hospitalisé son époux, et ensuite quel était son état physique. Je voulais également savoir si le mari en question était au courant de l'initiative de sa femme, et s'il souhaitait lui-même recevoir ce sacrement. Je réussis à lui soutirer quelques renseignements entre deux :

— Dépêchez-vous !

Je compris que son mari était en unité de soins intensifs de cardiologie où elle me conduisit en me tirant par la manche de ma blouse tout en répétant :

— Dépêchez-vous !

À l'hôpital de Hautepierre, ce service est organisé en plusieurs boxes vitrés et ouverts pour permettre le bon suivi des patients. Ce détail est important car, s'il permet une surveillance attentive, il ne respecte pas toujours l'intimité. J'appris auprès des infirmières que ce monsieur avait eu un infarctus. Le traitement était en cours, mais le médecin avait dit à sa femme que tout danger n'était pas encore écarté. D'où l'agitation extrême de cette dernière.

Parmi les quelques renseignements glanés auprès d'elle, je savais également que son mari était un peu dur d'oreille. J'en eus aussitôt la démonstration. Elle lui hurla dans l'oreille, moitié en français, moitié en alsacien :

— Monsieur l'abbé est là, il est venu *fer dech fertig màche…*

Ce qui littéralement donne : « Il est venu pour t'achever… » C'est ainsi que se traduit l'extrême-onction dans ma langue maternelle !

Étant donné la configuration des lieux, tous les autres patients des boxes voisins ont entendu la phrase, et tout le monde en Alsace comprend ces mots… Aussitôt, tous les moniteurs de surveillance cardiaque de la pièce se sont mis à émettre des bips. Affolement général, une infirmière arrive et me prend à part :

— Denis, si ça continue, tu vas avoir beaucoup de travail dans les minutes à venir !

Il fallut calmer tout le monde et, après quelques explications laborieuses, le brave homme comprit enfin la raison de ma présence.

— Si ma femme pense que c'est bien, alors allons-y, monsieur l'abbé !

Il n'était pas contrariant et semblait bien connaître son épouse.

Me laisser faire était manifestement la seule solution pour qu'elle se calme. J'ai alors commencé le rituel. Nous étions en train de dire le Notre Père quand soudain ce brave homme se mit à gémir, aussitôt interrompu par un :

— Tais-toi, tu vois bien que nous sommes en train de prier !

Je n'ai même pas eu le temps de prononcer un mot quand il explosa...

— Mais j'ai envie de pisser !

Sa femme allait de nouveau le faire taire, quand je pris les choses en main.

— Maintenant, taisez-vous. Votre mari a une envie pressante et cela passe avant les prières !

J'ai tendu à ce brave monsieur le nécessaire pour soulager sa vessie et j'ai pris à mon tour son épouse par la manche pour la faire sortir du service en ajoutant :

— Dépêchez-vous !

Je lui ai expliqué dans le couloir, sans ménagement, que ce qui importait avant le soulagement spirituel de son mari, c'était son soulagement physique !

Nous avons pu terminer la célébration peu après sans trop de problèmes ! Ce monsieur est, fort heureusement pour sa santé, moins peut-être pour sa tranquillité, rentré chez lui guéri quelques semaines plus tard. Je l'ai croisé alors qu'il quittait l'hôpital avec sa femme dans le hall, et devinez quoi ? elle lui hurlait à l'oreille :

— Mais dépêche-toi !

De l'humanité à la divinité

Après avoir apporté les réponses humaines aux aspirations et aux besoins de la personne, on peut alors se préoccuper de ses attentes spirituelles.

Pour y répondre, la présence d'un prêtre, d'un imam, d'un rabbin, d'un pasteur ou de tout autre représentant d'un culte peut être réclamée au chevet d'un malade. Les rites religieux peuvent permettre d'apaiser l'angoisse, d'exprimer des émotions, dans un accompagnement de fin de vie, comme lors des célébrations de cérémonies funéraires.

J'ai eu de grands moments d'émotion lors de certaines célébrations. Le rite sert parfois à libérer la parole et permet aussi, je l'ai vu, une communion entre les mourants et leur entourage.

À la fin de l'année 2003 j'ai accompagné Philippe, un père de famille, catholique et ardent croyant. Il avait exprimé le souhait de recevoir l'onction des malades en présence de sa femme et de ses deux enfants. Lors du sacrement, il leur a expliqué combien sa relation à Dieu était importante pour lui. Passer par cette étape avec eux était un moyen de les préparer à l'inévitable.

— Vous savez, il y a des sujets dont il est difficile de parler. Vous allez avoir de la peine, mais je veux que l'expression de ma foi, en votre présence, vous réconforte. Vous cheminerez selon votre propre sensibilité, mais je voulais que vous sachiez comment j'avais choisi de donner un sens à ma vie, jusqu'au bout.

Cet instant partagé fut, pour Philippe, l'occasion de la transmission d'un testament spirituel.

Le sens profond d'un rite

Toutes les demandes de célébrations ne répondent pas à la même ferveur. Il m'arrive parfois d'avoir des demandes étranges, comme celle, très récente, de deux jeunes femmes. Deux sœurs qui sont venues me voir, sans prévenir leur mère hospitalisée pour une pneumopathie sévère.

— Mon père, vous serait-il possible d'aller voir notre maman pour lui donner l'onction des malades ? Nous ne sommes pas pratiquantes toutes les deux, mais elle attache de l'importance à la religion.

— Dites-moi dans quel service elle se trouve et je m'y rendrai.

— Mais il y a une chose importante, il ne faudrait pas que vous lui disiez qui vous êtes, ni ce que vous faites, pour ne pas l'inquiéter. Si elle voit que vous êtes prêtre et que vous lui donnez l'onction, elle pourrait s'imaginer que c'est la fin !

J'étais interloqué par cette curieuse requête.

— Si je comprends bien, vous me demandez de donner l'onction des malades à votre mère à son insu. Mais à quelle fin ?

— Eh bien, vous comprenez, elle est très croyante, alors...

— Mais si cela peut l'aider parce qu'elle est croyante, cela ne sert donc à rien de le faire si elle n'est pas au courant !

— Vous comprenez, mon père, il ne faudrait pas la décourager. Nous ne voudrions pas qu'elle pense que nous croyons qu'elle va mourir...

— Vous voulez peut-être qu'avec ma blouse d'hôpital, je me fasse passer pour un dermatologue et que je lui explique que l'huile sainte est un traitement ?

Les deux jeunes femmes se rendirent alors compte de l'absurdité de leur démarche. Elles étaient embarrassées... Je pressentais tout de même que cette demande maladroite cachait un vrai besoin. J'ai alors suggéré à ces deux jeunes femmes de m'accorder leur confiance en me laissant aller voir leur maman en leur absence. Je leur ai expliqué qu'il lui serait alors plus facile de me confier, en toute confidentialité, ses éventuelles attentes sur le plan spirituel.

Leur maman avait beaucoup de difficultés à respirer, elle était dans un état d'extrême fatigue, mais totalement lucide.

— Madame, je suis l'aumônier de l'hôpital et je viens vous dire un petit bonjour. Si vous avez besoin de quoi que ce soit, n'hésitez pas à m'en faire part…

— Mon père, c'est très gentil à vous. Je suis tellement épuisée que je n'ai même plus la force de prier.

— Je vais le faire pour vous en descendant tout à l'heure à la chapelle. Mais peut-être aimeriez-vous que je vous donne la bénédiction du Seigneur ? Je peux, si vous le souhaitez, vous oindre avec l'huile sainte que bénit l'évêque, celle destinée à donner de la force spirituelle aux malades…

— Cela ne pourrait que m'aider en ce moment ! Mais, avant que vous ne le fassiez, j'aimerais beaucoup que mes filles soient près de moi quand vous me bénirez, mon père…

Ses filles avaient prétexté le besoin d'aller boire un café pour me laisser quelques instants en tête à tête avec leur maman. Je suis allé aussitôt les chercher et ce rituel, fait pour apaiser, a pu se dérouler en leur présence et en toute conscience de la part de leur mère. Il a donc pleinement rempli sa vocation.

D'autres attentes spirituelles

Certaines requêtes, de l'ordre du soulagement de l'âme, sont plus profanes, mais tout aussi spirituelles.

Olivier avait vingt et un ans. Il s'était battu, les cinq années précédant cette ultime hospitalisation, contre une leucémie, et elle était malheureusement en voie de gagner le combat.

Olivier était conscient quant à l'issue de sa lutte, et il avait décidé de préparer ses parents et ses proches à l'idée de sa disparition. Nous étions quelques-uns à être près de lui quand il est mort. Il y avait ses parents, un de ses cousins et son meilleur ami. Il nous avait demandé, lorsqu'il était encore lucide, une chose très particulière.

— Quand je vais plonger dans l'inconscience à cause des médicaments, je voudrais que vous vous relayiez tous pour me lire un poème de Baudelaire, « L'Albatros »... Jusqu'à ma fin...

C'est ainsi qu'une nuit de printemps, nous avons lu et relu à son chevet :

Souvent, pour s'amuser, les hommes d'équipage
Prennent des albatros, vastes oiseaux des mers,
Qui suivent, indolents compagnons de voyage,
Le navire glissant sur les gouffres amers.
À peine les ont-ils déposés sur les planches,
Que ces rois de l'azur, maladroits et honteux,
Laissent piteusement leurs grandes ailes blanches
Comme des avirons traîner à côté d'eux.
Ce voyageur ailé, comme il est gauche et veule !
Lui, naguère si beau, qu'il est comique et laid !
L'un agace son bec avec un brûle-gueule,
L'autre mime, en boitant, l'infirme qui volait.
Le Poète est semblable au prince des nuées
Qui hante la tempête et se rit de l'archer.
Exilé sur le sol au milieu des huées,
Ses ailes de géant l'empêchent de marcher.

Ces vers admirables se sont enchaînés, je ne me souviens plus combien de fois, mais assez en tout cas pour qu'ils s'impriment définitivement dans ma mémoire. Je trouvais, bien avant cette nuit très particulière, que ce poème était magnifique, mais j'ai profondément compris alors le réel apaisement de l'âme que peut apporter la poésie.

Le premier sacrement

Dans le cadre d'un hôpital, le rite doit impérativement être humanisé. Pour administrer un sacrement, quel qu'il soit, il faut s'adapter au lieu et aux conditions dans lesquels la personne le reçoit.

Laissez-moi vous raconter une histoire qui se termine bien. J'ai revu le petit Benjamin, il y a quelques semaines, dans les couloirs de l'hôpital où il venait pour une consultation de contrôle.

Il a aujourd'hui une dizaine d'années, c'est un enfant plein de vie et de joie en dépit d'un très léger handicap physique. Pourtant, Benjamin a frôlé la mort, il y a trois ans seulement. Les médecins ont diagnostiqué une tumeur au cerveau et, malgré une opération rapide et une chimiothérapie intensive, le pronostic a longtemps été réservé. Je rendais fréquemment visite à sa maman qui restait jour et nuit près de lui. Cette jeune femme courageuse avait grand besoin de soutien moral. Nous n'avions jamais parlé de religion, je ne savais même pas quelle était la sienne, quand, un matin, elle me dit :

— Denis, nous ne sommes pas pratiquants, mon mari et moi, ni spécialement croyants, bien que nous nous soyons mariés religieusement. Nous n'avons jamais fait baptiser Benjamin... Aujourd'hui, mes beaux-parents sont très angoissés que nous ne l'ayons pas fait. Est-ce qu'il est possible et souhaitable de le baptiser maintenant ?

— C'est tout à fait possible, bien sûr. Quant à savoir si c'est souhaitable, ce n'est pas à moi de répondre à cette question. Vous devez en parler avec votre mari et avec Benjamin peut-être, il a six ans et demi et il comprend déjà pas mal de choses.

Quelques jours plus tard, elle et son mari sont venus me demander de baptiser leur enfant. J'ai consulté l'équipe médicale, qui ne voyait aucun incovénient à ce que la cérémonie ait lieu dans sa chambre, à l'hôpital. C'était un jour où Benjamin n'était pas terriblement en forme, il avait mal au ventre, et j'ai proposé aux parents de remettre la célébration. Mais, rassurés par les médecins, ils ont insisté pour que nous la fassions quand même. Ses parents avaient expliqué à Benjamin, avec des mots à lui, ce qui allait se passer, et il était très impatient. Il avait demandé plusieurs fois quand j'allais arriver et ils ne voulaient pas le décevoir. Benjamin tenait son nounours bien serré dans ses bras...

— Ton papa et ta maman m'ont demandé de te baptiser. Alors, je vais te mettre un peu d'eau sur la tête, c'est une manière de te montrer que Jésus t'aime.

— Et tu vas aussi mettre de l'eau sur mon nounours ? Jésus, il aime mon nounours aussi ?

— Oui, Jésus aime ton nounours aussi, mais je vais d'abord te baptiser toi, et nous allons ensuite verser de l'eau sur ton nounours, si tu veux bien me donner son nom.

— Il s'appelle Doudou.

J'ai alors prononcé la phrase rituelle :

— Benjamin, je te baptise au nom du Père, du Fils et du Saint-Esprit.

Pour Doudou, un peu d'eau versée sur sa fourrure a suffi. Pour la suite du rituel, j'ai apposé le saint chrême sur le front de Benjamin, en lui expliquant que ce geste était une manière de le protéger. Il n'a pas demandé la même opération pour son nounours, mais, respectant une logique enfantine, il m'a aussitôt demandé :

— Et tu n'en mets pas sur mon papa, ma maman, mon papi et ma mamie pour les protéger ?

— Tu sais, ils ont déjà été baptisés… Mais tu as raison, on va en profiter pour demander à Jésus de continuer à les protéger.

Ses parents, ses grands-parents et même l'infirmière se sont prêtés, de bonne grâce, au rite ! Ce sacrement, administré de façon si peu conventionnelle, a été générateur d'une grande émotion pour tous. Même Benjamin en avait oublié son mal au ventre.

J'admets que de légères entorses ont été faites aux règlements de l'Église, mais ces gestes réclamés par cet enfant sur un lit d'hôpital rejoignaient le sens profond du baptême : se mettre sous la protection de Dieu.

Chapitre 5

Une présence dans l'angoisse et la détresse

« Mon Dieu, mon Dieu,
pourquoi m'as-tu abandonné ? »
(Mt 27,46)

Ce cri du Christ en croix est pour moi le symbole de sa profonde humanité. Cette phrase que nous rapportent les Évangiles, je l'entends souvent, prononcée par des malades que j'accompagne. La quête de présence fait partie des couleurs de notre arc-en-ciel d'émotions.

Nous arrivons au moment où la personne ne parvient plus à éliminer l'idée de la mort toute proche par son refus de l'envisager. C'est une image d'Épinal que celle d'une personne, agonisant sur son lit, qui part sans plainte, en remettant son âme à Dieu.

Voir la réalité en face

La proximité de la mort angoisse, et ce malgré la présence des proches, les soins, l'attention.

Une personne en fin de vie connaît, très souvent, une période de révolte face à l'inéluctable, parfois suivie d'une phase de dépression profonde.

Cette étape est très pénible à traverser pour tous : le malade, mais aussi l'entourage et même les soignants.

Face à l'injustice qu'il subit, le mourant reporte sa colère et sa révolte sur ceux qui l'entourent. Son indignation prend des aspects multiples : les visites ne sont jamais là au bon moment, il se plaint d'être oublié de tous et, quels que soient les traitements utilisés pour lutter contre la douleur, il dit malgré tout souffrir.

Cet état fragilise encore plus le malade et culpabilise son entourage. Certains perdent patience et parlent de cesser de rendre visite à la personne, pensant que leur présence est plus néfaste que positive. La détresse s'abat sur tous. Même le personnel soignant est rudement éprouvé : il se voit parfois accusé de prêter plus d'attention aux autres patients, ou alors ses compétences sont mises en doute.

Je suis, pour beaucoup, le représentant de Dieu au sein de l'hôpital, et, à ce titre, je me trouve régulièrement confronté à l'agressivité engendrée par cet épisode de révolte. Comme le Christ en croix, la personne en fin de vie me demande pourquoi Dieu l'abandonne… C'est l'échelon de l'accompagnement le plus délicat à gravir. Il faut respecter l'histoire de la personne et ne pas négliger, en y répondant avec des phrases toutes faites, la détresse qu'il ressent.

Jean-Paul II, encourageant tous ceux qui accompagnent les malades, disait : « Face à toute souffrance, les bien portants ont un premier devoir, celui du respect, de l'écoute et parfois même du silence. » Cette phrase du pape résume ce que je crois indispensable à cette étape.

La disponibilité intérieure

L'écoute est une part importante de l'accompagnement. Elle est indispensable pour établir une relation qui permettra de calmer les angoisses qui ne manquent pas de surgir. Pour aider efficacement, il faut connaître les besoins de la personne, ses désirs, ses aspirations, ses craintes et même ses colères.

Il y a des attitudes indispensables pour être dans les conditions d'une bonne écoute. Il faut que la personne sente que l'on est disponible, aussi bien de son temps que mentalement. C'est ce que j'appelle « la disponibilité intérieure ». Elle est nécessaire pour percevoir le moment où le malade veut se livrer.

J'ai appris combien cette disponibilité était essentielle, il y a bien des années… J'étais alors un tout jeune prêtre, plein de bonne volonté, et convaincu de ma vocation d'accompagnant auprès de personnes en fin de vie. Mais je souffrais d'un défaut propre à la jeunesse : l'impatience.

Un soir, j'étais auprès d'une femme, dont je n'ai jamais oublié le prénom malgré les années qui se sont écoulées depuis : Marlène.

J'étais passé la voir avant de quitter l'hôpital, je prévoyais de ne passer que quelques minutes à son chevet car, ce soir-là, j'étais attendu pour un dîner d'anniversaire dans ma famille. Or ce fut précisément lors de cette visite que Marlène, qui était habituellement peu bavarde, montra une envie de se livrer. Je ne savais jusqu'alors presque rien d'elle, malgré les heures passées à ses côtés, et elle s'est soudain mise à me parler de son enfance. Tout à mes préoccupations personnelles, je l'écoutais distraitement, pensant, en mon for intérieur, que ma famille devait s'inquiéter de mon retard. Je profitai d'un instant où elle avait la tête tournée pour jeter un coup d'œil que je pensais discret sur ma montre. Elle surprit mon geste, et sa phrase fut lapidaire. Elle m'appelait habituellement par mon prénom, mais elle me dit alors :

— Je vois, monsieur l'abbé, que ce que je vous raconte ne vous intéresse pas le moins du monde…

Je tentai d'expliquer mon attitude indélicate en lui confiant que l'on m'attendait pour célébrer une fête de famille.

— Vous auriez pu me le dire en entrant dans la chambre et j'aurais compris. Allez donc retrouver les vôtres ! Ce n'est de toute façon pas bien important, je n'ai plus envie de parler.

J'avais raté un moment important avec elle, car je n'étais pas disponible intérieurement.

Depuis ce jour, je n'ai plus jamais porté de montre, ni à l'hôpital ni ailleurs. Et quand je suis contraint de demander l'heure à quelqu'un dans la rue ou ailleurs, je pense toujours à Marlène...

Écouter le silence

Les mots sont importants, mais ils peuvent parfois noyer un message profond. Si l'on en emploie parfois beaucoup, voire trop, au chevet d'un malade, ce n'est pas pour lutter contre ses angoisses à lui, mais contre les nôtres. Une présence silencieuse et une surveillance attentive des moindres besoins de la personne, de son langage corporel, sont parfois plus efficaces que bien des paroles.

Bertrand était atteint d'une sclérose en plaques. Il était dans la dernière phase, très pénible, de sa maladie. Pour ne pas qu'il s'étouffe, les médecins avaient dû lui faire une trachéotomie et il ne pouvait donc plus communiquer par la parole. L'accompagnement de Bertrand s'est fait sans les mots.

Je suis resté bien des heures à son chevet et, sans que nous échangions une parole, j'ai appris plein de choses de lui dans son regard, par la pression de sa main. J'ai toujours, dans ces accompagnements-là, l'impression de partager avec la personne un dialogue silencieux. Impossible, me direz-vous, et pourtant... Les musiciens disent qu'il y a différentes catégories de silence, et cette insonorité là n'a jamais été, un seul instant, angoissante pour moi. Je redécouvre, à chaque fois, la vérité de l'expression : sentir la chaleur humaine.

Jusqu'où aller

En présence d'une personne très angoissée et dans un grand état de détresse, on se pose inévitablement la question : jusqu'où puis-je aller sans sombrer avec elle ? Jusqu'à quand vais-je tenir sans ressentir moi-même tellement d'anxiété que je ne lui serai plus d'aucun secours ?

On m'a raconté récemment l'histoire de ces voiliers retrouvés déserts voguant en pleine mer. Ils portaient parfois des traces de griffures sur leurs coques et l'on a pu ainsi déduire comment ces embarcations étaient devenues des bateaux fantômes.

Un homme tombe à la mer, son équipier sur le bateau voulant lui porter secours plonge à son tour, mais malheureusement, il oublie avant de sauter de jeter l'échelle. S'il sauve celui auquel il voulait porter assistance, ce n'est que temporaire, car tous les deux vont se noyer faute d'un moyen permettant de remonter à bord de l'embarcation...

Avant de « plonger » pour accompagner une personne, il faut impérativement avoir mis en place une échelle psychologique qui permette de remonter quelle que soit l'issue.

Pour des proches déjà très éprouvés psychologiquement par l'annonce d'une pathologie grave, des réactions engendrées par la grande angoisse d'une personne en fin de vie sont parfois tout simplement ingérables émotionnellement.

Il faut pouvoir, sans ressentir de culpabilité, passer le relais à d'autres, le temps de se remettre. Il ne faut pas hésiter, éventuellement, à laisser cette dépression du malade être prise en charge médicalement. Et que l'entourage ne refuse pas non plus d'avoir recours à des traitements antidépresseurs, si besoin est.

Jean-Michel, abandonné du genre humain

Jean-Michel avait trente-trois ans quand il est mort. Il a vécu longtemps avec l'aide de la trithérapie, mais un jour son organisme décida de ne plus répondre aux traitements qui l'aidaient à lutter contre le sida.

Il avait fait des séjours fréquents à l'hôpital et je le connaissais donc depuis plusieurs années. Nous parlions toujours en confiance, il me racontait sa vie, ses angoisses, ses doutes.

Il semblait relativement serein depuis quelque temps, quand, un soir où j'allais partir après avoir bavardé une heure avec lui, il est entré dans une colère noire contre le monde entier. Il était assis dans son fauteuil près du lit, à bout de forces. Pourtant il s'est levé péniblement et d'un geste il a arraché sa blouse d'hôpital. Il s'est retrouvé nu, debout face à moi, tremblant sur ses jambes :

— Regarde-moi, Denis ! Regarde ce que je suis devenu ! Un vieillard avant l'heure, un mort encore vivant ! Qui pourrait encore me désirer ? Je ne suis plus qu'une ombre parmi les humains, je fais peur à tout le monde. Même ma mère ne me regarde plus sans avoir les larmes aux yeux… Mon seul horizon, c'est celui que j'aperçois depuis les fenêtres de cette chambre d'hôpital assis dans ce fauteuil, et laisse-moi te dire qu'il est sacrément limité, comme le temps qui me reste !

Sa colère était immense et j'en étais à la fois le témoin et le réceptacle.

— Toi, Denis, dans quelques minutes tu vas quitter cette chambre pour rentrer chez toi, voir des amis peut-être. Tu vas réfléchir à ce que tu feras demain, et les jours d'après. Tu ne penseras pas un seul instant à ton corps qui remplit son rôle en silence et sans te trahir !

J'ai reçu une gifle morale. Que dire devant de telles vérités ? La barrière du drap, des vêtements permet de ne se préoccuper que des regards et d'oublier les corps.

Me revint alors à cet instant en mémoire ce que m'avait dit mon ancien patron du service d'anesthésie. Quand j'avais été ordonné prêtre et que j'avais quitté mon poste d'infirmier, lors de mon pot de départ, il m'avait déclaré, très sûr de lui :

— Désormais, Denis, tu seras le médecin des âmes et moi je reste celui des corps.

Sans même que j'y aie réfléchi, ma réponse avait fusé :

— Les âmes dont je vais m'occuper désormais ont aussi un corps !

Là, j'étais face à la réalité physique de Jean-Michel. Par l'exposition de sa déchéance corporelle, il voulait exprimer sa sensation d'être rejeté. Je ne trouvai aucun mot suffisamment fort pour rationaliser cette colère, il n'y en avait probablement pas. Je me suis alors avancé vers lui et je l'ai serré dans mes bras sans rien dire.

Ce n'étaient pas des mots qui pouvaient l'apaiser et répondre à sa profonde détresse, mais un geste d'humanité.

Ne pas alimenter la détresse

Encore une fois, au risque de répéter une évidence, une personne en fin de vie est une personne encore en vie.

Quand quelqu'un vous fait part, lors d'une discussion, de ses angoisses face à une situation, il ne vous viendrait pas à l'idée de lui dire :

— Mon pauvre, comme je te plains ! Tu es vraiment dans une situation désespérante !

On cherche, au contraire, à l'aider en essayant d'apaiser ses appréhensions, sans pour autant en minimiser l'importance.

La pitié n'est pas un sentiment qui peut aider un mourant. Il faut écouter sa détresse, sans l'alimenter en y rajoutant ses propres angoisses. Il ne faut pas confondre compassion et commisération. La compassion exige de l'empathie, il faut se préoccuper de la souffrance de l'autre, tenir compte de sa détresse, mais ne pas aggraver ses angoisses en les confortant.

Pour aider efficacement une personne en fin de vie, il faut la « sortir » de cette spirale de détresse, en l'attirant vers d'autres préoccupations. Il faut néanmoins rester attentif à ne pas, non plus, minimiser ses angoisses.

Elle savait et je refusais

J'aimais beaucoup Antoinette. C'était une amie de ma famille depuis de nombreuses années et elle m'avait vu grandir. Il y a dix ans, on a découvert qu'elle était atteinte d'un cancer du pancréas au pronostic très incertain. J'ai alors réagi comme le reste de ses proches, en refusant l'inéluctable.

Sa maladie a été découverte après qu'une crise de douleur aiguë eut entraîné une hospitalisation d'urgence. Elle n'allait plus quitter l'hôpital jusqu'à sa mort…

Je lui rendais visite plusieurs fois par jour, mais, dans ma tête, je n'allais pas voir une personne en fin de vie… Malgré mes connaissances médicales et mon expérience d'accompagnant, je refusais l'évidence, c'est-à-dire sa mort prochaine. Ma trop grande implication affective me rendait aveugle à la réalité et sourd à sa détresse.

— Denis, ils m'ont fait de nouveaux examens ce matin, ce n'était pas très agréable. Tu sais, j'ai l'impression que ma maladie évolue assez mal…

— Mais comment peux-tu dire cela, Antoinette ? Tu n'es pas devenue médecin en entrant à l'hôpital !

— Je ne sais pas, mais je le sens…

— Tu es surtout très fatiguée et un peu découragée. Il y a de quoi ! Tu ne vois aucune amélioration aujourd'hui, mais il faut être patiente, il faut laisser du temps pour que le traitement agisse.

— Ça se voit que tu étais du côté des soignants, avant ! Tu ne te mouilles pas.

— Je ne suis plus infirmier, ce n'est plus mon domaine, mais j'ai encore quelques souvenirs.

— Tu sais, Denis, j'en ai marre de tout ça. Je n'en ai peut-être plus pour très longtemps…

Je me suis alors un peu emporté :

— Arrête de dire des bêtises ! Tu es fatiguée et inquiète, nous reparlerons de tout ça le moment venu.

Après un long silence, elle reprit.

— Je suis peut-être trop pessimiste et pas assez courageuse. Tu as raison, changeons de sujet…

Nous avons parlé de ses petits-enfants, un sujet qui l'animait invariablement. Nous avons aussi plaisanté à propos de son mari, qui avait du mal à se débrouiller sans elle à la maison. Puis j'ai quitté sa chambre en lui promettant de passer le lendemain très tôt.

Ce matin-là, dès mon arrivée à l'hôpital, j'ai appris qu'Antoinette était morte moins d'une heure auparavant, brutalement emportée par une embolie pulmonaire. Une infirmière m'a remis une enveloppe à mon nom, trouvée dans le tiroir de la table de chevet d'Antoinette.

En ouvrant cette missive, j'eus un choc. Elle contenait des textes choisis par ma vieille amie pour son enterrement.

J'avais perdu quelqu'un que j'aimais profondément et je découvrais en même temps qu'elle n'était pas, contrairement à moi, dans le déni de sa mort. À rebours, j'ai compris que la veille, lors de notre discussion, elle avait tenté vainement de parler de sa disparition qu'elle pressentait proche. Mon refus de cette perspective m'avait empêché de l'écouter. Mon angoisse l'avait privée de pouvoir exprimer la sienne.

Je passais la voir plusieurs fois par jour, mais je n'accomplissais que partiellement sa quête de présence, car je n'avais pas répondu à ses angoisses. En laissant ce courrier à mon attention, je pris conscience qu'elle avait déjà accepté ce que je refusais : sa mort.

En célébrant les obsèques d'Antoinette, et en écoutant ses amis lire ces textes qu'elle aimait, je pensais que j'étais passé à côté de quelque chose d'important. Mais, par-delà la mort, elle m'a laissé un nouveau témoignage de son amitié et de sa bienveillance, en me permettant une prise de conscience indispensable pour progresser dans ma mission d'accompagnant.

Personne ne peut plus rien pour moi...

Didier avait cinquante ans, c'était un dessinateur publicitaire plein de talents. Il se savait gravement malade, mais il nia très longtemps cette réalité. Quand je lui demandais comment il se sentait, il me répondait invariablement :

— Aussi bien que possible pour quelqu'un qui se trouve dans un service de cancérologie.

Mais, son hospitalisation se prolongeant, ses forces physiques diminuant, la réponse fut un matin moins péremptoire.

— Je me sens las et pourtant je n'ai rien fait qui justifie cet épuisement. Je suis cloué dans ce lit, immobile, et pourtant je me sens comme quelqu'un qui ferait un marathon perpétuel. Vous, le curé, seriez-vous prêt à parier que je vais m'en sortir ?

Il y avait une agressivité dans cette interrogation.

— Je voudrais surtout que vous vous battiez et que vous fassiez confiance au traitement !

Ce jour-là, Didier n'avait pas envie de lutter contre la maladie, mais contre mon opinion.

— Il faut se bagarrer... Vous en avez de bonnes, vous ! Je vois bien que mon état ne s'améliore pas, bien au contraire, tout va en s'aggravant. Ma température joue aux montagnes russes. Mon appétit diminue chaque jour et je ne cesse de maigrir. Tout ce que je mange, je le vomis. Je crois que personne ne peut plus rien pour moi, vous ne pouvez rien faire… Parler ne sert à rien, il vaudrait mieux que vous ne reveniez plus.

— Comme vous voulez, mais je pense qu'aujourd'hui vous êtes particulièrement fatigué. Je reviendrai et vous déciderez alors si vous avez envie de me voir ou non.

Juste après ma visite, Didier dit aux infirmières qu'il ne voulait plus recevoir de visites autres que celles de sa femme. Pourtant, trois jours plus tard, j'ai osé passer la tête par la porte de sa chambre et il m'a fait signe d'entrer.

— Vous êtes revenu. Je compte donc pour vous…

Puis il éclata en sanglots. C'était la première fois qu'il se laissait aller depuis son entrée à l'hôpital. Il avait jusqu'alors supporté la souffrance, au-delà de ses limites, demandant aux médecins à ne pas être assommé par des antalgiques.

— Je souffre tant. Je n'ai même plus la force de me raser, c'est une infirmière qui s'en charge. Tout le monde s'affaire autour de moi. Le bassin, l'urinal, le haricot, tout doit être à la portée de ma main. Je dépends entièrement des autres…

— Ce n'est pas de la dépendance, Didier. C'est de l'assistance et c'est normal au sein d'un hôpital.

— Je ne le supporte plus. Je pense sans arrêt à ceux, par-delà les murs de cet hôpital, qui peuvent aller et venir à leur guise. Cela me rappelle ce que je vais perdre à jamais. Pourquoi moi ? Je suis trop jeune pour mourir ! Je ne veux pas mourir !

— Je comprends. Nous essayons tous de vous entourer et c'est bien que vous nous parliez de vos craintes.

— On ordonne de poursuivre des examens longs et douloureux, mais on m'abandonne à mon sort. Les infirmières ne trouvent jamais la veine du premier coup. Je ne veux plus d'injections, elles me font mal. Pourquoi ces soins inutiles ? Tout ça ne sert à rien car je vais quand même mourir…

Alors que je tenais sa main, il se mit à la serrer très fort, tout en me regardant intensément.

— Vous savez, je n'en ai plus pour longtemps. Pourvu que je ne souffre pas trop. Mais j'ai peur, j'ai si peur.

Son angoisse était palpable et il fallait le décentrer, au moins temporairement, de sa hantise.

— Je sais, je suis avec vous. À quoi pensez-vous quand vous vous imaginez ce qu'il y a derrière ces murs ?

— Je repense à ces beaux paysages que je peignais pour mes publicités : la montagne, la forêt, les arbres. La forêt par exemple grouille d'animaux, d'insectes, de plantes. Le cycle de la vie et de la mort se fait dans le foisonnement et la multitude…

C'est là qu'il prononça l'essentiel :

— Je ne veux pas mourir seul…

La grande angoisse de Didier était enfin formulée. La réponse à y apporter était de lui offrir une présence continuelle à son chevet. Il a suffi de s'organiser avec sa femme, ses proches et quelques bénévoles pour qu'il soit plus serein.

L'angoisse d'une mère

Il y a des exemples où la prise en charge de l'angoisse et de la détresse concerne les proches. C'est plus particulièrement le cas quand il est question de jeunes enfants.

Julie, six ans, était hospitalisée dans le service d'onco-hématologie pédiatrique. Elle souffrait d'une leucémie, traitée depuis des mois, qui s'était brutalement aggravée. Sa maman restait jour et nuit à son chevet, et son mari la rejoignait quelques heures le matin et le soir. Elle passait donc de longs moments seule, auprès de sa petite fille plongée dans le sommeil par le traitement qui l'empêchait de souffrir. Je suis passé la voir pour lui demander si je pouvais faire quelque chose pour elle :

— C'est très gentil à vous, mon père, mais je ne suis pas catholique.

— Je ne vous propose pas de parler de religion, mais juste de passer un peu de temps avec vous.

— C'est vrai que d'être seule auprès d'elle rend mon angoisse plus pesante. Je sais très bien que Julie va mourir, je ne peux plus fuir cette réalité. Mais j'ai l'impression d'être enfermée dans ma douleur, je n'arrive même plus à pleurer…

Cette femme avait absolument besoin de parler, d'exprimer ses sentiments. À rester seule au chevet de son enfant mourante, elle se murait, chaque jour un peu plus, dans une douleur qui ne trouvait aucun exutoire : ni pleurs, ni révolte, ni souvenirs…

L'agonie de la fillette s'est prolongée plusieurs jours. Je suis passé quotidiennement auprès de cette maman désespérée pour parler de son enfant, pour évoquer les souvenirs agréables, l'amour.

Le long calvaire qu'ils vivaient avec son mari, depuis des mois, ne lui permettait même plus de pouvoir exprimer sa détresse auprès de lui. Avec moi, elle pouvait enfin pleurer et se laisser aller.

Chapitre 6

Relire sa vie

« Père, entre tes mains, je remets ma vie. »
(Lc 23,46)

L'avant-dernière couleur de notre arc-en-ciel d'émotion est celle de la reconnaissance de notre parcours de vie.

Le film de son existence

Une chambre, un lit, une personne allongée avec, face à elle, un mur qui peut se transformer en écran de projection de son existence.

Lors de cette projection, le risque, parfois, est que le principal acteur ne se voie pas dans le rôle du héros.

Les personnes en fin de vie focalisent, très souvent, sur ce qu'elles ont oublié de faire, ce qu'elles n'ont pas terminé, ce qu'elles ont mal fait ou, pire encore, raté.

Quand on cesse de se projeter dans l'avenir, on revient sur son passé. La prise de conscience du risque de manquer de temps pour corriger les éventuelles erreurs de sa vie pousse alors à noircir le trait…

Le travail de l'accompagnant est aussi d'aider le mourant à redonner un sens aux choses qu'il a accomplies. Quand je suis aux côtés de quelqu'un qui semble perdu depuis un long moment dans ses pensées, je lui demande toujours :

— À quoi songez-vous, si ce n'est pas trop indiscret bien sûr ? Puis-je partager vos pensées ?

Souvent, la personne se met alors à me raconter des événements du passé. On me parle beaucoup de l'enfance, mais aussi de ce qui s'est mal passé dans la vie personnelle d'adulte. Querelles, divorces, séparations douloureuses, défauts mal maîtrisés sont racontés en premier.

Mon travail consiste alors à les aider à faire remonter le positif à la surface, pour les accompagner dans une quête positive de relecture de leur vie.

Trouver le fil

Pour aider à cette relecture de vie, il faut permettre à la personne de quitter un présent douloureux et angoissant pour investir un nouveau champ de conscience.

C'est un chemin parfois difficile à trouver car l'accompagnant, même proche, ne connaît pas tout du passé de la personne. Il faut, dans la mesure du possible, l'entraîner vers des souvenirs agréables qui lui permettent de s'extraire, au moins temporairement, de sa situation.

Olga était italienne, elle vivait près de Strasbourg depuis quarante ans et elle avait épousé un Alsacien, mais j'ai vite découvert que les souvenirs de son pays natal étaient encore très vivaces.

Sa famille était très présente autour d'elle. C'était une chambre où l'on parlait beaucoup, mais aucun souvenir n'évoquait l'Italie. Il faut dire qu'Olga n'était pas retournée là-bas depuis la mort de ses parents, bien avant la naissance de ses trois enfants. Un soir où j'étais seul près d'elle, la neige se mit à tomber. On voyait les flocons tourbillonner derrière la fenêtre, et elle commença à me raconter ses souvenirs d'enfant. Plus elle parlait, et plus son accent italien, quasiment imperceptible habituellement, devenait marqué.

— Quand j'étais toute petite, je devais avoir cinq ou six ans, je me souviens encore très bien de la première fois que j'ai vu la neige… Nous habitions en Toscane, et là-bas il ne neige pas souvent ! Un matin, ma maman est venue me réveiller, très tôt, et m'a dit que j'allais voir quelque chose de merveilleux. C'était une époque difficile, c'était la guerre, l'hiver était très rude, mes parents étaient des paysans qui n'avaient pas de terre et nous n'avions pas l'occasion d'être heureux très souvent... Je me souviens encore, comme si c'était hier, de ces minuscules flocons. J'ai d'abord cru que c'était du coton, comme celui que le curé avait mis dans la crèche de Noël. Et ma maman m'a expliqué que c'était Dieu qui envoyait un manteau pour recouvrir la terre !

La voix de cette femme, d'une soixantaine d'années, était presque celle d'une petite fille. C'est ainsi, à partir de ce souvenir d'enfance, qu'elle m'a raconté ses premières années en Italie, son voyage pour la France, vers un ailleurs meilleur, dans les années 1950. Toute une enfance, pauvre mais heureuse, puis toute une vie de femme que je découvrais et qu'elle redécouvrait en me la racontant.

Alcoolique, mais pas seulement...

Je suis prêtre et accompagnant de personne en fin de vie, je ne suis pas psychologue : rien ne m'interdit donc de faire appel à mes références personnelles et à mon vécu pour être plus proche des gens et entrer le plus possible en empathie avec eux.

Mon père était alcoolique. Toute mon enfance et mon adolescence j'en ai souffert. J'ai eu à la fois honte de lui, et honte d'éprouver ce sentiment envers mon père. Aujourd'hui, tout le monde sait que c'est une maladie. Mais ce n'est pas une maladie comme une autre, puisqu'elle touche non seulement la personne qui en souffre, mais aussi tout son entourage.

Serge avait quarante-huit ans, l'âge auquel mon père est mort. Sa cirrhose éthylique était au dernier stade. Je tentais de l'aider à trouver du positif dans son existence, il n'arrivait pas à déceler quoi que ce soit de réussi dans sa vie.

— Denis, toute ma vie d'adulte, j'ai été alcoolique. Je n'ai jamais battu ma femme ni mes enfants, mais je leur ai fait vivre l'enfer. Les retours à la maison alors que j'étais ivre, les cris, les engueulades avec ma femme qui ne supportait plus de me voir dans cet état. Mes enfants ont d'ailleurs quitté la maison prématurément, car ils n'en pouvaient plus. Vous ne pouvez pas comprendre, mais il n'y a rien de bon chez moi…

— Détrompez-vous, Serge, je peux comprendre, car ce que vous avez fait endurer à vos enfants, je l'ai vécu moi-même. Mon père était alcoolique et je lui en ai voulu. Je l'ai même détesté par moments, au point de souhaiter sa mort, comme peuvent le faire les enfants. Mais quand il est mort pour de bon, à cause de sa maladie, j'ai été désespéré. Oui, c'était un alcoolique, mais pas uniquement ça. C'était aussi, entre autres, un maçon extraordinaire. Quel est votre métier, Serge ?

— Je suis dentiste.

— Et malgré votre alcoolisme, vous avez réussi à le pratiquer correctement ?

— Oui, jamais un patient ne m'a vu en état d'ébriété. J'attendais la fin de la journée pour boire. Il y a quelques mois encore, avant que je ne sois hospitalisé, ma salle d'attente était pleine. Le samedi, très souvent, je soignais ceux qui n'avaient pas de couverture sociale et le cabinet ne désemplissait pas.

— Ça, c'est un acte formidable !

— Oui, mais je ne suis pas un type formidable. Je faisais ça pour tenter de racheter tout le mal que les miens enduraient à la maison à cause de moi et de mon alcoolisme.

— Peu importe la raison, personne ne vous a obligé à le faire et vous l'avez quand même fait. Donc, vous n'avez pas été qu'un alcoolique, vous avez aussi été un bon dentiste, attentif aux autres et préoccupé des plus démunis…

Petit à petit, au fil de nos conversations, il réussit à trouver d'autres éléments positifs de son existence. Il est mort quelques semaines plus tard, et le regard positif que je lui avais permis de porter sur son existence a adouci sa fin de vie.

Femme de la terre

Antoinette avait été agricultrice toute sa vie. Elle avait exploité une petite ferme avec son mari, puis seule ensuite, après le décès de ce dernier, en pleine force de l'âge. Elle avait élevé six enfants, là encore seule, comme beaucoup de veuves de sa génération, qui ne se remariaient que très rarement. Les hommes dans cette tranche d'âge étaient rares, la guerre avait fait des ravages…

Antoinette était pour moi une femme admirable, et pourtant elle n'arrivait pas à trouver de l'importance à son parcours personnel. Elle ne cessait de se déprécier. Elle s'excusait sans arrêt, par exemple de déranger les infirmières, alors qu'elle avait vraiment besoin d'elles. Elle me disait qu'elle ne comprenait pas que je passe autant de temps près d'elle : j'avais sans doute tellement mieux à faire.

Un jour que je lui tenais la main, en lui disant que cette main était magnifique alors qu'elle cherchait à se dérober, elle se confia à moi.

— Vous n'y pensez pas, mon père ! Mes mains sont atroces. Elles sont tout abîmées par le travail. J'ai travaillé, trimé inlassablement. J'ai conduit le tracteur, soigné les bêtes, je me suis occupée de mes enfants et voilà que j'arrive à la fin et j'ai l'impression de ne rien avoir fait de mon passage sur terre...

— Comment pouvez-vous dire une chose pareille ?

— Vous savez, je ne suis jamais partie une seule fois en vacances. Les agriculteurs de ma génération ne quittaient pas leur ferme, même pour quelques jours. Quand j'étais petite et que l'instituteur nous expliquait sur la mappemonde où se trouvaient tous ces pays aux noms magiques, je rêvais. Je me disais qu'un jour, je ferais des voyages pour aller voir le monde. Mais je ne suis jamais partie... Mes six enfants ont tous une bonne situation, ils travaillent en ville, partent en vacances et voyagent.

Ses yeux brillaient quand elle me racontait la vie de ses enfants et de ses petits-enfants, qui lui rendaient d'ailleurs tous visite presque quotidiennement.

— Et quand vous les éleviez, c'était ce que vous imaginiez pour eux ?

— Je n'en espérais pas tant ! Je ne regrette pas un instant d'avoir autant travaillé, car c'est grâce à ça que j'ai pu les aider à faire des études et leur permettre d'avoir une autre vie que la mienne.

Quand j'ai quitté la chambre d'Antoinette, la fierté avait remplacé les regrets de ne pas avoir accompli certaines choses. Par son travail et ses sacrifices, elle avait permis que ceux qu'elle aimait le plus au monde s'accomplissent.

Les enfants du cœur

J'ai accompagné, il y a quelques années, Catherine, une septuagénaire élégante jusque dans son lit d'hôpital. Quand je lui rendais visite, je la trouvais toujours parfaitement coiffée, et elle demandait même aux infirmières de lui mettre du rouge à lèvres !

Elle souffrait de complications graves, suite à une greffe de rein. Épouse d'un riche industriel, elle n'avait jamais travaillé de sa vie et, alors qu'elle était en pleine phase de relecture de son existence, elle avait du mal à lui trouver un sens.

— Denis, je m'aperçois aujourd'hui, alors que je suis dans ce lit d'hôpital, que finalement, depuis mon mariage il y a cinquante ans, je n'ai rien fait de ma vie. Jeune fille, je voulais devenir infirmière, mais je n'ai pas fait d'études pour me marier avec un homme qui convenait à mes parents. Oh ! il a été un bon mari, mais auprès de lui je me suis contentée d'être une épouse et rien d'autre. Nous n'avons pas eu d'enfants…

— Vous avez beaucoup souffert de ne pas avoir été mère ?

— Au début, oui…

Elle est restée un instant songeuse. Je suis un peu curieux de nature, alors je lui ai posé la question qui me brûlait les lèvres :

— J'ai croisé plusieurs fois, en venant vous voir, un jeune homme et une jeune femme d'une trentaine d'années. Je pensais que c'étaient vos enfants…

— Mais ce sont mes enfants, des enfants du cœur ! J'ai dû, à l'époque, trouver un moyen d'assouvir mon instinct maternel, sous peine de sombrer dans la dépression. Pendant trente ans, j'ai donc été marraine de cœur pour une association qui s'occupait de placer des enfants dans des familles, pendant les vacances. Au début, mon mari voulait bien que j'apporte une contribution financière pour aider l'association, mais pas plus. Puis, devant mon insistance, il a accepté au bout de quelques années que nous accueillions des enfants chez nous, pour l'été. Nous avions la place, les moyens, et j'avais des tonnes d'affection à donner. C'est par cette association que j'ai rencontré Pierre et Vanessa. Ils sont frère et sœur. Durant douze ans, je les ai accueillis pendant les vacances scolaires. L'été d'abord, puis très vite toutes les vacances. Mon mari aussi s'est attaché à eux. Nous ne pouvions pas les adopter, même si nous y avons pensé. Ils ont été confiés à la Ddass par leur mère, mais ils n'étaient pas adoptables, même si, au bout du compte, elle ne les a jamais récupérés. Quand ils ont grandi, ils ont décidé de suivre des études. Comme nous habitions à Strasbourg et qu'il y avait une bonne université, ils sont venus vivre à la maison. Aujourd'hui Vanessa est infirmière libérale et elle est mariée depuis six mois. Pierre, lui, vit à Londres, mais il revient les week-ends pour me voir à l'hôpital.

— Vous n'avez donc pas été qu'une épouse… vous avez aussi été une maman de cœur !

— Pensez-vous vraiment que je mérite ce titre, Denis ?

— Si vous posiez la question à Vanessa et à Pierre, que pensez-vous qu'ils répondraient ?

Catherine n'avait pas été seulement ce que certains voulaient voir d'elle en apparence, l'image qu'elle redoutait profondément de renvoyer : l'épouse bourgeoise d'un notable. Elle était aussi une magnifique maman de cœur.

Il m'arrive de temps en temps, quand je rends visite à des personnes malades à leur domicile, de croiser Vanessa, qui vient leur donner des soins. Elle me parle toujours de Catherine, qu'elle appelait « maminou », avec beaucoup de tristesse et d'émotion.

Relire en permanence

Dans une société où tout va très vite et où la performance sans cesse renouvelée semble être le seul critère de jugement, il faudrait ne pas oublier de dire régulièrement à ceux qui nous entourent combien certains de leurs actes nous importent.

Ne pas hésiter à leur dire combien on est fier d'eux, quand c'est le cas. À leur dire aussi combien on les aime pour ce qu'ils sont et ce qu'ils ont été.

On considère souvent que cela va de soit, qu'il n'est nul besoin de dire ce qui est une évidence. Mais, pourtant, on peut aider constamment ceux que l'on aime à une relecture positive de leur vie. Et pour ce faire, nul n'est besoin d'attendre l'étape ultime.

Je pense notamment à ceux qui ont dans leur entourage des aïeux d'un certain âge : parler avec eux de leur passé, valoriser chacun de leurs actes rendra plus facile, plus tard, à l'heure de leur mort, la relecture de leur vie.

Chapitre 7

S'accomplir

« Tout est accompli. »
(Jn 19, 30)

C'est l'ultime phrase du Christ en croix, l'ultime étape de la vie, l'ultime couleur de l'arc-en-ciel de nos émotions.

L'ultime étape

Nous en arrivons à l'étape de l'accomplissement, celle où l'attention accrue de l'accompagnant doit se porter sur la personne en fin de vie et aussi sur son entourage.

Il faut que le mourant se donne la permission de partir et que son entourage la lui accorde.

J'ai vu des agonies se prolonger douloureusement car un proche de la personne refusait, par amour, de le laisser mourir. Combien de fois n'ai-je pas entendu : « Mais, Denis, il ne peut pas mourir comme ça. Il ne peut pas me laisser seul... » ?

Cette phrase peut venir des enfants, des compagnes ou compagnons, de frères ou de sœurs, d'amis proches. On oublie alors que le mourant est une personne, une individualité, on ne tient compte de lui que comme une composante d'une relation.

La plus belle preuve d'amour que l'on puisse donner à l'autre, quelle que soit la relation, amoureuse, familiale ou amicale, quel que soit le moment, en début ou en fin de vie, c'est de le laisser partir.

Les parents, même les plus protecteurs, savent bien qu'un jour leurs enfants quitteront la cellule familiale pour vivre leur vie. Plusieurs actes de la vie nous préparent pourtant à la séparation. Parfois des séparations temporaires, mais aussi des ruptures définitives.

On coupe le cordon du bébé qui sort du ventre de sa mère, marquant ainsi un impossible retour en arrière. « L'expérience de la naissance est la première expérience de l'émergence de la mort », écrivait Françoise Dolto dans *Parler de la mort*. L'adolescence, ensuite, est un temps délicat où on laisse derrière soit l'enfant que l'on était, pour se préparer à devenir adulte : là encore le processus est irréversible. Et je pourrais vous donner encore beaucoup d'exemples.

À chaque étape de la vie que l'on franchit, on ne sait pas ce qui nous attend, et ce saut dans l'inconnu est toujours accompagné d'angoisse.

La perte

C'est une des notions les plus terribles à accepter, même pour ceux qui ont de profondes convictions religieuses. La foi ne rend pas la séparation plus facile.

Dans le cas de la mort, la perte est à double sens.

Il y a celui qui part et qui doit accepter de perdre à la fois la vie et ceux qui lui sont chers.

Et il y a ceux qui restent en vie et qui doivent accepter de perdre celui qui meurt.

Aussi curieux que cela puisse paraître, alors que c'est le mourant qui a le plus à perdre, si toutes ses quêtes ont été accomplies, c'est du côté des vivants que cette étape est la plus dure à franchir.

C'est comme si, cette sensation de perte étant anticipée, elle poussait à s'arc-bouter pour tenter de refermer la porte sur la mort.

J'ai vu, de nombreuses fois, des gens en pleurs au chevet d'une personne dont la mort était imminente, qui lui disaient :

— Tu ne peux pas me laisser seul, sans toi. Je ne veux pas te perdre...

Cette situation se retrouve dans les cas où existe un amour profond, familial, filial, conjugal ou amical...

Mais il y a aussi des situations où l'explication est à chercher ailleurs.

On peut ressentir la douleur de la perte à la mort de quelqu'un avec qui l'on n'a pas « terminé » un dialogue, ou alors avec qui les non-dits sont nombreux.

J'incite toujours les familles distendues à bien profiter des derniers instants qu'ils passent ensemble, pour tenter jusqu'au bout de régler d'éventuels conflits. J'explique alors que c'est formidable pour le mourant, mais que c'est aussi indispensable pour ceux qui restent.

Ne pas pouvoir partir

Deux jeunes femmes passaient beaucoup de temps auprès de leur mère mourante. Cette femme était inconsciente depuis quelques jours, mais contrairement à tous les pronostics médicaux, elle ne mourait pas. Pourtant, avant d'être sous l'effet d'antalgiques, elle avait dit, en présence de ses filles, qu'elle était prête, que le moment était venu pour elle de mourir et qu'elle n'avait plus envie de lutter.

Ses deux filles se relayaient à son chevet, jour et nuit, fébriles, guettant le moindre soupir de leur maman, appelant les infirmières aux plus infimes changements de rythme de sa respiration. Elles étaient parfaitement au courant de l'évolution fatale, mais bien qu'elles m'eussent dit, lorsque nous en avions parlé quelques jours plus tôt, accepter cette idée, leur comportement démontrait exactement le contraire.

Voyant que l'agonie de cette femme se prolongeait inutilement, à la plus grande souffrance de tous, j'ai demandé à la fille cadette, Nathalie, avant qu'elle ne prenne le relais de sa sœur au chevet de leur mère, de bien vouloir m'accorder quelques instants.

— Nathalie, votre maman n'arrive pas à mourir…

— Mais, père Denis, je ne veux pas que maman meure ! C'est horrible ce que vous me dites !

— Pourtant, nous en parlons depuis quelques semaines maintenant. Votre sœur et vous sembliez avoir compris… Votre maman elle-même vous l'a dit, quand elle le pouvait encore…

— Oui, mais vous voyez bien qu'elle est toujours vivante ! Cela veut peut-être dire qu'elle a changé d'avis…

— C'est elle qui a demandé ce traitement antalgique, en sachant parfaitement qu'elle allait plonger dans l'inconscience.

Nathalie s'est alors mise à pleurer, ce qu'elle n'avait jamais fait une seule fois en ma présence depuis l'hospitalisation de sa mère.

— Je sais, Denis, mais c'est tellement dur d'accepter cette idée.

— Vous aimez infiniment votre maman, c'est tout à fait normal que cela ne vous soit pas possible d'accepter l'idée de sa mort. Mais, comme vous l'aimez, il faut la respecter jusqu'au bout. Si elle s'accroche, je pense que c'est aussi parce qu'elle vous sent toutes les deux si angoissées autour d'elle.

— Vous essayez de me faire comprendre qu'il faudrait que nous la laissions seule !

— Pas du tout, je veux que vous restiez auprès d'elle, mais que vous lui donniez l'autorisation de partir. Cela serait bien que vous lui disiez merci pour tout ce qu'elle vous a donné. Vous pouvez aussi lui dire que ce que vous êtes aujourd'hui, c'est à elle que vous le devez. Et enfin, que vous lui disiez surtout combien vous l'aimez, mais que c'est à elle de décider si elle veut partir. Votre présence près d'elle doit être empreinte de douceur et d'amour, il ne faut pas qu'elle ressente votre angoisse.

Nathalie et sa sœur ont suivi ces conseils, quoiqu'il leur en ait coûté affectivement, et leur maman est morte quelques heures plus tard en leur présence.

« Il y a un moment pour tout, et un temps pour chaque chose sous le ciel : un temps pour engendrer, et un temps pour mourir » (Ec 3, 1).

Partir en épargnant les siens

Jérôme et Didier étaient frères. Cinq ans les séparaient, mais ils étaient très proches. Leurs parents étaient décédés depuis quelques années et Didier, l'aîné, ne s'était jamais marié : il était homosexuel. C'est Jérôme qui a accompagné son frère, mort du sida il y a dix ans maintenant.

Délaissant temporairement sa femme et ses deux enfants, qui avaient parfaitement compris sa démarche, il avait pris un congé sans solde, car à l'époque le congé d'accompagnement n'existait malheureusement pas encore. Il a pu ainsi rester auprès de son frère presque continuellement, les dernières semaines de sa vie.

Ils ont beaucoup parlé. Didier s'était préparé à l'idée de mourir et avait même aidé son frère à accepter sa disparition. Quand il a sombré dans l'inconscience, Jérôme a alors décidé de rester jour et nuit près de lui, et malgré un lit mis à sa disposition, il ne dormait pas.

L'équipe soignante lui a proposé au bout de quelques jours de rentrer chez lui pour voir ses enfants, sa femme, et se reposer un peu dans de bonnes conditions, mais il hésitait. Alors que je passais à l'étage, il m'a demandé mon avis.

— Je sens bien que j'ai besoin de quelques heures de sommeil, je n'arrive même plus à penser, mais j'ai peur que mon frère meure quand je ne serai pas là.

Je lui ai dit que Didier pouvait encore survivre plusieurs jours et que lui avait, en effet, impérativement besoin de se reposer. Je lui ai proposé de prendre le relais au chevet de son frère pour qu'il puisse au moins passer quelques heures chez lui. Dans cette épreuve, voir sa femme et ses enfants serait un excellent soutien psychologique. Je lui ai promis de le prévenir si la situation s'aggravait et il s'est finalement rangé à l'avis général.

Il était parti depuis à peine un quart d'heure quand Didier est mort. Nous l'avons immédiatement prévenu. Il venait d'arriver à son domicile et il est aussitôt revenu à l'hôpital. Il était effondré.

— Je n'étais pas là quand il est mort, je lui avais pourtant promis d'être près de lui jusqu'au bout…

— Il n'est pas mort seul, j'étais près de lui.

— Oui, mais c'était à moi d'y être.

— Cela faisait cinq jours que vous étiez là, de jour comme de nuit, sans dormir… Votre frère, qui vous adorait et qui voulait vous protéger, est mort quelques minutes à peine après votre départ. Vous pouvez n'y voir qu'une coïncidence, mais moi qui ai l'expérience de ces situations, j'y vois un message. Il a voulu vous protéger jusqu'au bout, comme il le faisait quand vous étiez petit, comme il l'a fait ensuite quand vous êtes devenu adulte.

Je peux vous citer des dizaines et des dizaines d'histoires similaires. Des gens passent des heures, des jours, au chevet d'une personne en fin de vie, et cette dernière meurt alors qu'ils s'absentent juste quelques minutes. C'est souvent le cas quand il y a un lien affectif très fort, comme si l'on voulait protéger jusqu'au bout ceux qu'on aime.

L'attente

C'est une histoire qui m'est arrivée il y a peu de temps. Le 24 décembre 2004, j'allais, comme je le fais chaque année, célébrer la messe dans mon village natal. Une amie d'enfance, Charlotte, qui était au courant de ma venue, m'avait téléphoné quelques jours plus tôt. Elle voulait savoir si j'aurais le temps de passer chez elle, avant la célébration, pour voir sa maman. J'avais un peu mauvaise conscience de ne pas l'avoir fait des mois plus tôt, et je lui ai promis de venir.

Sa maman, Anna, âgée de quatre-vingt-dix ans et grabataire, finissait sa vie auprès de sa fille et de ses petits-enfants.

J'avais accompagné le papa, Édouard, décédé alors que j'étais un tout jeune prêtre. Et Anna avait exprimé plusieurs fois le désir de me revoir. Une dernière fois, disait-elle à sa fille.

Quand je suis arrivé chez eux, la maman était inconsciente. Charlotte m'a dit qu'elle avait eu le temps de lui parler de mon passage et elle semblait heureuse à cette idée. Le médecin qui la suivait ne pouvait dire dans quel délai interviendrait sa fin.

Elle était installée dans la même chambre où, vingt ans plus tôt, j'avais veillé son mari. Même si Anna paraissait ne pas entendre, je l'ai quand même saluée normalement et je lui ai dit le plaisir que j'avais de la revoir. Puis Charlotte, sa sœur Paulette, les petits-enfants et moi sommes restés à son chevet. Nous avons évoqué des souvenirs d'enfance, nous racontions nos bêtises aux plus jeunes. J'ai senti peu à peu que l'angoisse de Charlotte et sa sœur, palpable à mon arrivée, s'atténuait.

Je les ai ensuite laissés pour aller préparer la messe de Noël, après avoir prié une dernière fois avec la famille réunie et béni Anna.

Ce soir-là, je savais qu'ils ne seraient pas présents dans l'église du village pour célébrer avec les autres la messe de Noël : ils voulaient rester auprès d'Anna. Elle s'est éteinte durant cette nuit de Noël. Sa famille était bien sûr très triste, mais jusqu'au bout, ils avaient accompagné Anna et l'avait aidée à accomplir ses quêtes.

La lettre

J'ai officié, il y a quelques mois, lors des funérailles d'un homme qui est mort chez lui, entouré des siens. Il était franc-maçon et un de ses frères de loge avait aidé sa famille, en la relayant auprès de lui, prenant en charge une partie de l'accompagnement.

C'est ce frère en maçonnerie qui est venu me voir, juste avant les obsèques, pour me dire qu'il était le dépositaire d'une lettre du défunt, et que ce dernier avait souhaité qu'elle soit lue pendant la cérémonie funéraire. J'ai bien sûr consulté la famille, qui n'y voyait aucun problème. Ils étaient au courant de son existence, mais ils ne savaient pas ce qu'elle contenait. Le mourant, à bout de forces, avait dicté ce courrier à son ami.

En préparant cet ouvrage, j'ai contacté la famille pour leur demander l'autorisation de reproduire cette lettre, car elle est pour moi un parfait exemple d'accomplissement. Ils ont tout de suite accepté.

Chers Tous,

Je me suis efforcé ma vie durant d'être la part d'un tout.

J'ai été une part de ma famille, qui était tout pour moi.

J'ai aussi été une part de mes amis, qui formaient un tout homogène qui m'a conforté toute ma vie durant.

J'ai également été une part d'un groupe avec lequel je partageais une philosophie de la vie et qui était un tout de l'esprit et une part d'une entreprise, pour laquelle j'ai fait de tout mon mieux.

Et enfin j'ai été une part d'une communauté, celle des humains qui fait le tout d'une longue chaîne depuis la nuit des temps.

J'ai fait partie de ce tout qui a fait partie de moi.

C'est à vous maintenant d'être porteurs d'une part de moi pour que je reste dans le tout que vous formez.

Ma vie ne sera accomplie que si vous continuez le chemin sans moi tout en me gardant en vous.

« Tout est accompli »

J'ai rencontré l'« accomplissement total » chez une religieuse. Contrairement à ce que l'on pourrait penser de prime abord, son état de servante du Seigneur n'a pas eu de rapport direct avec cet accomplissement.

Sœur Anne faisait partie de la congrégation des sœurs de la Charité, elle avait voué toute sa vie au service des malades. Elle avait de nombreuses fois accompagné des mourants. Ayant probablement dû faire face à des situations compliquées, des accompagnements de fin de vie difficiles, sœur Anne avait tout prévu.

La dernière fois que je lui ai parlé, elle était hospitalisée en service de soins intensifs de cardiologie à la suite d'un infarctus. J'ai prié avec elle, je l'ai bénie et nous avons ensuite bavardé. Alors que je tentais de lui dire des paroles de réconfort sur sa santé, elle m'a interrompu :

— Père Denis, avoir été infirmière pendant tant d'années fait que je suis lucide sur la situation. Je suis prête à partir, tout est en ordre. J'ai même laissé une lettre à la mère supérieure. Elle est à ouvrir après ma mort et j'y ai indiqué tous mes souhaits pour l'organisation de mes funérailles.

Elle est morte trois semaines plus tard et, quand j'ai appelé la mère supérieure pour savoir comment se dérouleraient les obsèques, cette dernière avait ouvert la lettre.

Sœur Anne y était très claire : elle ne voulait pas d'éloge funèbre lors de la cérémonie. Pour elle, Dieu savait ce qu'elle avait fait et cela suffisait amplement. Elle ne voulait pas non plus d'homélie. Elle souhaitait, tout simplement, qu'on lise un mot qu'elle avait rédigé :

> Je demande pardon à tous ceux que j'ai pu blesser dans ma vie, même de façon inconsciente. Je demande surtout à ceux qui partagent avec moi l'espérance en un Dieu, de faire une prière pour le repos de mon âme.

Juste quelques lignes, simples et émouvantes, mais pour ceux qui l'avaient côtoyée et qui étaient présents ce jour-là dans l'assistance, elles résumaient parfaitement le parcours de vie de cette grande dame.

Le soulagement

Il y a peu de temps, une dame est venue me chercher dans mon bureau. Elle voulait que je vienne prier une dernière fois au chevet de son mari mourant. Il était dans le coma, et le personnel médical avait prévenu sa femme que l'issue était une question d'heures. Ce monsieur avait récemment été transféré à Hautepierre et c'était la première fois que je le voyais. Son épouse m'a expliqué qu'ils étaient tous deux très croyants et qu'il lui avait demandé qu'un prêtre soit à son chevet lors de ses derniers instants.

Je l'ai suivie dans la chambre et nous avons commencé à prier. Cette femme le faisait avec ferveur et, en mon for intérieur, je pensais qu'elle était admirable de faire preuve de tant de dévotion alors que son mari respirait de plus en plus mal. Après une ultime pause respiratoire, il s'est éteint.

Nous sommes restés quelques instants silencieux, puis je lui ai proposé de rester un moment encore avec lui.

— Non, monsieur l'abbé, ça ira.

J'étais un peu surpris, mais je me suis dit que sa réaction était explicable par la grande émotion qu'elle ressentait... Mais, aussitôt la porte de la chambre franchie, la récente veuve a vidé son sac !

— Il m'a emmerdée toute ma vie ! C'était un alcoolique, un pitoyable mari. Bon débarras ! J'ai respecté ce qu'il souhaitait, j'ai été jusqu'au bout de ses volontés, mais maintenant, c'est enfin fini !

Cette dame, qui exprimait alors tout son ressentiment, s'était néanmoins conformée à la dernière quête de son mari, et avait accompli la sienne... D'une manière certes surprenante, mais ce n'est pas à moi de juger...

Les dernières paroles

On accorde aux dernières paroles d'un mourant un poids extraordinaire. Certaines, attribuées à d'illustres personnages, sont même inscrites dans les livres d'histoire.

Pour ouvrir les différents chapitres de cet ouvrage et mettre en lumière les quêtes de ceux que j'accompagne, j'ai d'ailleurs choisi les dernières paroles du Christ en croix.

J'aime aussi à méditer les derniers mots, magnifiques, de sainte Thérèse de Lisieux : « Mon Dieu... je vous aime ! »

L'Histoire garde la trace des dernières déclarations de ses grands personnages, réelles ou présumées.

« *Acta est fabula* », l'histoire est finie, aurait dit l'empereur Auguste.

Michel de Montaigne, lui, a déclaré : « Ce n'est pas la mort que je crains, mais de mourir. »

Élisabeth Ire, reine d'Angleterre, aurait dit au moment de mourir : « Ma fortune pour un instant de plus. »

Churchill, grand homme, visionnaire aux yeux de l'Histoire, a eu pour dernière phrase : « Quel fou j'ai été. »

On prête à Vaugelas, le père de la grammaire française, ces ultimes paroles : « Je m'en vais, ou je m'en vas ; car l'un et l'autre se dit… ou se disent. »

Georges Simenon, le grand romancier, s'est éteint en disant : « Maintenant je vais enfin pouvoir dormir. »

Mais les ultimes paroles ne sont pas forcément les plus importantes.

Franklin D. Roosevelt aurait tout simplement dit : « J'ai un terrible mal de tête », et Goethe : « *Mehr Licht !* », plus de lumière…

Les derniers mots des mourants sont souvent d'une grande banalité, l'esprit étant obscurci par les médicaments. Il n'est pas rare que les familles me demandent, quand une mort intervient en leur absence, si la personne a prononcé d'ultimes paroles. Je voudrais vous dire que ce qui compte, ce ne sont pas ces mots, qu'ils aient été ou non prononcés… Ce qui est le plus important, c'est l'échange d'amour qu'il y a eu entre les êtres, dans les derniers moments passés ensemble.

L'irruption brutale de la mort

Je voudrais aussi aborder, dans cette dernière phase, les situations où toutes les étapes n'ont pas pu être franchies, celles des morts brutales et inattendues.

C'est le cas des décès dus à des accidents brutaux, des suicides, des crises cardiaques, des ruptures d'anévrisme ou d'autres pathologies à évolution rapide, voire à des homicides. Dans ces situations, mon rôle d'accompagnant concerne uniquement ceux qui restent. Les circonstances sont alors très délicates. J'ai pu observer que, dans ces cas-là, les vivants suivaient à rebours toutes les étapes précédemment citées. Il y a la révolte, la relecture de la vie du disparu, la recherche de présence dans l'angoisse et la détresse, et même parfois le pardon qu'ils vou draient se voir accorder de la part du disparu.

Quand je suis appelé dans ces conditions, je découvre des proches brutalement éprouvés. Le temps est comme suspendu pour eux, ils tentent de lutter contre sa course, en se répétant que c'est un cauchemar et qu'un retour en arrière doit être possible… Souvent, faire silence pour être le réceptacle de leurs sentiments exacerbés est la seule chose à faire.

Aucun mot n'est assez fort quand on se trouve, par exemple, face à des parents dont l'enfant est mort dans un accident. Les processus de deuil et de reconstruction sont, dans la plupart de ces cas, plus difficiles car il y a un sentiment d'inachevé. Suspendue est la vie de la personne disparue, mais aussi sa relation avec ses proches.

Dans ces situations extrêmes, tout le travail d'accompagnement doit se concentrer sur la nécessité d'apporter du soutien à ceux qui restent, pour tenter de les aider à accepter cette disparition.

Faire face

Estelle avait dix-sept ans, c'était une jeune fille passionnée par l'équitation, et c'est en pratiquant son sport favori qu'elle a fait une chute fatale. Elle est morte durant son transfert à l'hôpital. Les infirmières m'ont prévenu à l'arrivée de l'ambulance. Ses parents sont arrivés quelques minutes après le véhicule qui ne transportait plus que le corps sans vie de leur fille unique. En apprenant son décès, la mère est tombée dans un état de prostration. Son père, lui, était plein de rage, il frappait du poing contre un mur en criant que cela n'était pas possible, qu'Estelle ne pouvait pas être morte…

La brutale irruption de la mort, touchant leur seule enfant, avait ravagé leur univers. J'ai fait silence un long moment, me contentant de serrer la maman dans mes bras. Je les ai écoutés ensuite me dire leur colère, leur détresse, toute une nuit, avant de les laisser rentrer chez eux.

C'est en préparant l'enterrement d'Estelle, et en me parlant longuement d'elle, que ses parents et ses proches ont pu commencer à prendre vraiment conscience de sa mort. Ce n'était plus seulement un « accident », mais comme une réalité. Injuste et inacceptable, mais une réalité. Cette cruelle lucidité est indispensable pour entamer le processus de deuil, puis, plus tard, celui de reconstruction.

Alors que je séjournais à Paris quelques jours, en janvier 2005, des amis m'ont demandé de les accompagner pour rendre visite à l'un de leurs proches. Ils pensaient que je pouvais l'aider. Cet homme avait perdu son épouse à Phuket en Asie du Sud, le 26 décembre 2004, lors de la tragédie qui a durement éprouvé cette zone du monde, un tsunami qui a fait près de trois cent mille victimes…

La mer n'a jamais rendu le corps de cette femme, obligeant son compagnon à faire son deuil sans avoir pu matérialiser la réalité de son décès. Il était hébété, passif. Il avait survécu à la catastrophe et se le reprochait. Il ne cessait de s'interroger sur la raison de ce drame… Pourquoi elle et pas lui ? Une question à laquelle nul ne pouvait répondre.

Pour l'aider à traverser cette épreuve tragique, il fallait l'écouter, être près de lui, le laisser parler, pour lui permettre, doucement, d'arriver à accepter l'idée de la mort de son épouse.

Les « malgré nous »

Cette récente tragédie en Asie du Sud, et ces épreuves que traversent des centaines de milliers de personnes là-bas et dans le reste du monde pour arriver à faire le deuil de « portés disparus », m'a remémoré un épisode historique qui marque encore aujourd'hui ma région, l'Alsace : l'histoire des « malgré-nous ».

En 1940, après la défaite de la France devant les Allemands, la Moselle et l'Alsace furent annexées au Reich. Les Alsaciens, assimilés aux *Volksdeutsche* – « Allemands ethniques » –, furent alors soumis à une rééducation censée les intégrer à ce grand Reich voulu par Hitler. Parmi les mesures, il y avait l'interdiction de parler français, l'enrôlement de tous les jeunes dans les Jeunesses hitlériennes dès dix ans, l'ouverture de la Wehrmacht aux prisonniers de guerre alsaciens libérés. Mais le volontariat ne donnant que très peu de résultats entre début octobre et fin novembre 1940, l'incorporation fut décrétée obligatoire en août 1942. Ce décret signifiait une intégration forcée dans la Wehrmacht, et même la Waffen SS. Cent trente mille « malgré nous » furent ainsi enrôlés, majoritairement sur le front de l'Est, et soumis à un effroyable dilemme. S'ils refusaient de partir, les nazis déplaçaient, voire emprisonnaient, les familles des réfractaires et des déserteurs.

Trente-cinq mille « malgré nous » moururent durant la guerre, et vingt-trois mille connurent une captivité, parfois longue, dans des camps de prisonniers en Union soviétique.

À la Libération, personne n'intervint immédiatement pour ces hommes honnis de tous. Une grande partie de ces prisonniers revint en France en automne 1944. D'autres, détenus dans plusieurs camps du territoire russe, ne rentrèrent qu'en 1945, 1946 et même 1947 – le dernier « malgré nous » recensé étant rentré le 16 avril 1955 !

Pour les familles de ces hommes, dont on ne savait s'ils étaient morts ou vivants, le deuil était impossible. Le retour de certains « malgré nous », étalé sur plusieurs années, ravivait sans cesse l'espoir de ceux qui attendaient un membre de leur famille…

Pour la plupart, les « malgré nous » qui sont morts durant la guerre ont été jetés dans des fosses en Russie, dans l'anonymat le plus complet. Des milliers de familles perdirent ainsi toute trace de leurs fils, de leurs maris, de leurs pères, morts dans l'espoir de regagner la France, leur patrie.

Je connais, aujourd'hui encore, des cas de femmes âgées et d'adultes aussi, enfants de ces « malgré nous », qui n'ont jamais réussi à accepter l'idée de la mort de ceux qui leur étaient chers et qui n'ont jamais pu faire le deuil…

Dans ma famille, nous connaissons bien cette page de l'Histoire. Mon oncle paternel André fut, comme mon père, un de ces « malgré nous », mais lui n'est jamais rentré. Il avait dix-huit ans quand il fut incorporé de force dans l'armée allemande et envoyé sur le front de l'Est. À la fin de la guerre, ma grand-mère, comme d'autres mères, épouses et enfants du village, se mit à attendre son retour. Elle reçut, au bout de quelques mois, un courrier d'Allemagne l'informant qu'André était « porté disparu ». Mais, les mois passant, certains rentraient au village et son espoir était ravivé à chaque retour d'un de ces « malgré nous ». Un jour, elle reçut un courrier d'un aumônier militaire allemand, l'informant que son fils était mort et qu'il avait été enterré dans une fosse commune en Russie. Mais elle n'est jamais arrivée à accepter cette idée, elle l'imaginait prisonnier dans un camp, amnésique, malade. Elle n'arrivait pas à accepter son décès. Les derniers mots de ma grand-mère, avant de mourir, furent : « Maintenant, je vais enfin savoir la vérité. » Dans ses derniers instants, elle espérait enfin, près de quarante ans après sa disparition, qu'il fût mort pour le rejoindre.

Au fil des ans, l'installation de stèles commémoratives a permis aux proches encore vivants de « malgré nous » de tourner une page de leur vie en même temps que l'Histoire accomplissait son travail de mémoire.

L'ouverture du Mémorial de l'Alsace-Moselle à Schirmeck en cette année 2005 permettra à tous de mieux connaître cet aspect, souvent ignoré, de l'histoire de ma région.

Juste après

Mourir de sa belle mort…

« Il est mort de sa belle mort… » Qui n'a déjà entendu cette expression ? On la réserve en général aux vieillards.

J'ai pu constater que les personnes ayant atteint un âge avancé n'abordent pas l'approche de leur fin de vie de la même manière. La mort est omniprésente, car on perd petit à petit tous ceux de sa classe d'âge. On ne peut, alors, éviter de penser et de parler à son entourage de sa fin prochaine.

Certaines des quêtes sont alors accomplies avant que ne commence la véritable agonie. Dans la phase d'accompagnement, certaines étapes sont alors absentes. Par exemple, il n'y a pas de révolte devant l'inéluctable, il y a même parfois un soulagement.

Certaines personnes très âgées que j'ai accompagnées dans leurs derniers instants avaient pleinement accepté l'idée de leur mort prochaine et ne suivaient pas, alors, le cheminement que j'évoque dans cet ouvrage.

Mais, là encore, j'observe avec les années qui passent une inflexion de la tendance. Notre société moderne ne repousse pas seulement l'idée de la mort, elle refuse, de plus en plus, le vieillissement. Même le terme « vieillard » semble devenir péjoratif, on parle désormais de « seniors ».

La vie éternelle n'est plus une préoccupation spirituelle et religieuse, c'est dorénavant, si l'on en croit les gros titres de journaux, le rêve des scientifiques !

J'ai accompagné, tout en écrivant cet ouvrage, une dame de quatre-vingt-huit ans, Denise. Elle s'était depuis quelques années habituée à l'idée de la mort. Elle avait en effet perdu son mari vingt ans plus tôt et rendait régulièrement visite à ses amis d'enfance au cimetière...

Son fils unique vivait en Amérique du Sud depuis une dizaine d'années, il s'était remarié avec une Argentine. Elle l'avait eu sur le tard, à quarante ans, et, en son absence, c'est l'unique petite-fille de Denise, Marie, vingt-deux ans, qui a été très présente dans l'accompagnement de fin de vie de sa mamie. Un accompagnement plein d'amour et sans angoisse. Denise acceptait sans problème sa fin et elle avait préparé Marie à cette idée.

Alors que sa grand-mère venait juste de mourir en notre présence, et que nous nous recueillions auprès d'elle, Marie a eu cette phrase qui aurait été surréaliste une vingtaine d'année plus tôt :

— Je suis triste, Denis, mais aussi soulagée pour elle. Elle n'en pouvait plus ces dernières semaines. Mais pourquoi a-t-il fallu qu'elle nous quitte si jeune ?

Pour Marie, enfant de la génération de la quête de la jeunesse, au moins apparente, Denise n'était pas une vieillarde…

Pourquoi ?

La seule question que tous me posent, riches ou pauvres, cultivés ou frustes, vieux ou jeunes, croyants ou non, est : pourquoi ?

Pourquoi devons-nous inévitablement faire face à la mort de ceux qui nous sont chers, et un jour, à la nôtre ?

Je n'ai pas de réponse. Cette question je me la suis posée des milliers de fois, mais je n'ai jamais trouvé ne serait-ce qu'un embryon d'explication valable.

Vous êtes-vous déjà posé cette question banale en apparence : pourquoi le soleil se lève-t-il chaque matin ? Bien évidemment, à grand renfort de physique, d'astronomie et autres sciences, on trouve bien quelques explications. C'est parce que la Terre est ronde, et qu'elle tourne autour du Soleil. Mais cette réponse induit un autre « pourquoi ». Pourquoi la Terre tourne-t-elle sur elle-même et autour du Soleil ?

Cette question renvoie encore à d'autres « parce que » et de nouveaux « pourquoi »… Si l'on tente de remonter le fil, on en arrive à devoir expliquer la création de l'Univers ! Et inévitablement, on bute sur un obstacle…

Que dire à un père éploré qui vous demande pourquoi son fils est mort ? Lui expliquer que c'est parce que son heure était venue ? Impossible, car c'est une réponse inacceptable, intolérable. Quand j'accompagne ceux qui font face à la mort d'un proche, je ne peux pas répondre à ce « pourquoi ». En revanche, je peux les aider à comprendre qu'il faut transcender cette interrogation à laquelle ils ne trouveront aucune réponse.

Je leur dis, néanmoins, que leur question est légitime, qu'ils peuvent la poser et même la hurler. Mais, à défaut d'en donner la réponse, il faut qu'ils trouvent en eux une raison de continuer la route.

Pour certains, cela passera par le respect des valeurs ou des enseignements transmis par le mourant. Pour d'autres, ce sera le faire vivre éternellement dans leurs pensées et leurs actes. Et enfin, il en est pour qui la religion est une aide et leur croyance en un ailleurs meilleur un moyen d'accepter.

Il y a en fait presque autant de réponses possibles que d'êtres sur terre. Dans ces moments de questionnement des proches, je m'adapte aux attentes, j'écoute, j'aide à continuer. Je ne peux, ni ne veux d'ailleurs, vous livrer des phrases clés ou des recettes toutes faites, je n'en ai pas. Mais je peux vous affirmer, là encore, que seul l'amour est la réponse.

L'amour que l'on porte à quelqu'un ne disparaît pas dans un tombeau.

L'amour qu'un disparu vous a porté ne meurt pas avec lui !

Tant qu'il restera un être sur terre qui a connu et aimé quelqu'un qui est mort, qui avait lui-même connu et aimé un autre qui était mort aussi, et ainsi à l'infini, la mémoire du tout premier subsistera encore.

Pour moi, une personne n'est vraiment morte que lorsque qu'on ne se souvient plus d'elle.

Point à la ligne...

Alors que la croyance en Dieu, toutes religions confondues, recule en Europe, et en Occident de manière générale, la croyance à une vie après la mort progresse.

De toutes les croyances, celle en l'au-delà est, en effet, la seule qui soit en hausse. C'est ce que montrent trois enquêtes européennes sur les valeurs, réalisées respectivement en 1981, 1990 et 1999. En 1981, 27 % des Français disaient croire au paradis, contre 28 % en 1999, avec une progression étonnante chez les 18-29 ans (de 18 % à 30 %).

J'invite, dès que j'en ai l'occasion, les gens à réfléchir à leur finitude, et de cette réflexion découle en général l'inévitable question : y a-t-il quelque chose après la mort ?

Ce qui est étrange, c'est que cette interrogation est formulée également par ceux qui ne se réclament d'aucune religion !

Je vous propose de faire un tour, rapide et schématique, des croyances concernant l'après-mort dans les grandes religions, et plus particulièrement les convictions sur un au-delà de félicité : le paradis.

Pour les catholiques, dont je suis, la résurrection fait partie du dogme. Mais il existe néanmoins peu de description du paradis dans les textes. La Bible parle du royaume de Dieu, évoque un lieu de repos pour les justes. Jésus parle une fois du paradis, dans l'Évangile selon saint Luc, mais ne le décrit pas.

Pour les musulmans, le paradis est dépeint dans le Coran comme un jardin somptueux arrosé de fleuves de lait et de miel, où les élus jouissent éternellement d'une vie parfaite. Une conception interprétée, par les théologiens musulmans modernes, comme une représentation symbolique destinée aux âmes simples d'une autre époque. Ils invoquent désormais le concept d'une union totale avec et en Dieu, dans l'unicité.

Dans la religion juive, il y a peu de textes sur l'après-vie. Dans le Talmud, on parle d'une résurrection sur terre, et aussi d'un autre monde, le *schéol*, « grand trou noir » en hébreu, qui peut laisser penser qu'il n'existe rien après la mort. Mais un des principes de la foi juive est le suivant : « Je crois en la résurrection des morts lorsque Dieu le voudra. » Une résurrection qui interviendra à la fin des temps, après la venue du Messie et le Jugement dernier.

Dans le protestantisme, aucune image n'est liée au paradis. Pour les protestants, la résurrection interviendra à la fin des temps lors du Jugement dernier après une période transitoire.

Les orthodoxes évoquent quant à eux la « Jérusalem céleste », qui symbolise le royaume de Dieu. Le paradis, notion développée en Orient, un univers de chaleur et de sable, est vu dans les textes comme un jardin. Dans l'explication qui en est donnée par les théologiens modernes, c'est un état de vie dans la présence de Dieu.

Pour les bouddhistes, l'esprit ne meurt pas, il se réincarne. Durant une quarantaine de jours après la mort, il erre dans un état intermédiaire appelé le bardo et la vérité sur sa nature profonde lui apparaît. Il entrevoit ensuite sa vie nouvelle. Les bouddhistes aspirent à se libérer du cycle des renaissances influencé par leurs bonnes et mauvaises actions. Pour arrêter la roue de la vie et parvenir au nirvana, on doit progresser d'une vie à l'autre en se débarrassant de ses défauts.

Toutes ces religions peuvent paraître avoir, sur le sujet de l'après-mort, des différences. Elles ont néanmoins toutes un point commun : le bien, l'amour du prochain et le respect de l'humain sont à la base de ces croyances et sont aussi « la clé du paradis », ou, pour être plus précis, les conditions *sine qua non* indispensables à l'accession à un bonheur éternel.

Chaque être humain a des certitudes, mais aussi des doutes et des espoirs qui lui sont propres… Mon expérience personnelle me permet de dire que l'homme se représente l'au-delà en fonction de ses convictions religieuses, mais aussi morales et philosophiques. Les croyants n'hésitent pas, sur ce chapitre, à se laisser parfois séduire par un syncrétisme religieux. Les athées se révèlent, quant à eux, prompts à adhérer à l'idée d'un au-delà…

J'ai participé, en février 2005, à l'émission « Agapé » sur France 2, qui avait pour thème, ce dimanche-là : « La mort, un point final ? »

J'y ai été frappé, je tiens à le dire ici, par le témoignage de Dominique Bromberger, ce grand journaliste, qui a écrit un ouvrage passionnant, intitulé *Un aller-retour*[1], sur son expérience aux portes de la mort. Une épreuve qui a radicalement changé sa perception de la mort, et également sa vision de la vie. Un livre dont je vous conseille vivement la lecture.

Pour revenir à cette émission, la conclusion de mon intervention, livrée à brûle-pourpoint à la sollicitation de la journaliste qui animait le débat, correspond définitivement à ma pensée profonde. J'ai dit ce jour-là qu'au moment de ma mort, j'espère que Dieu sera là, de l'autre côté, pour me dire : « Non, Denis, ce n'est pas le point final, mais un point… à la ligne. »

---

1. Robert Laffont, 2004.

La peur de la mort et la peur de mourir

Rien de plus normal que d'avoir peur de la mort ! L'expression de cette peur peut emprunter différentes voies : la peur de l'inconnu, la peur de quitter les siens, la peur de souffrir…

Le début de vie est identifié, daté. La plus grande incertitude de l'être humain reste le quand et le comment de sa mort : individuelle et collective. Il est intéressant de voir combien le champ des interrogations concerne d'ailleurs presque exclusivement cette fin.

Il est très rare que l'on parle avec le prêtre que je suis, pour lui demander ce qu'il y a sur le plan spirituel avant la naissance d'un être. Toutes les questions concernent l'après-mort.

J'entends souvent dans la bouche de ceux que j'accompagne, ou de ceux qui s'interrogent sur leur fin de vie, cette phrase : « Je n'ai pas peur de la mort, mais de la souffrance. » C'est logique, on ne peut pas avoir peur de la mort, parce qu'on ne sait pas ce qu'elle est vraiment. On peut avoir peur de souffrir, car nous avons tous, à un moment ou à un autre de notre existence, expérimenté la douleur physique ou morale.

D'ailleurs, il faut distinguer « la peur de la mort » et « la peur de mourir ».

La peur de la mort est normale, elle est liée aux angoisses et aux incertitudes humaines. Ces dernières sont souvent un moteur de vie extraordinaire. Pour surmonter sa peur de la mort, l'humanité construit des monuments qui traversent les siècles, et l'homme est curieux de l'Univers au point d'aller se poser sur la Lune et plus loin encore, pour chercher des réponses, toujours et encore.

La peur de mourir, quant à elle, peut devenir pathologique et paralyser la vie de quelqu'un. Il m'est arrivé d'accompagner des patients dont la maladie ne mettait absolument pas la vie en danger, mais qui étaient paralysés par la peur de mourir. Le personnel médical est alors obligé de tenir compte de ce facteur dans le traitement.

« Enseigne-nous à bien compter nos jours afin que nous appliquions notre cœur à la sagesse » (Ps 90, 12)

On me demande aussi, très souvent, ce que m'apprend ce parcours quotidien auprès de personnes en fin de vie.

Si nous donnons du sens à notre existence, en élaborant des projets, en souhaitant que des choses se réalisent, en riant, en espérant, en aimant surtout, comment la mort pourrait-elle balayer ce vécu ?

Comment pourrait-elle effacer les empreintes que nous avons laissées chez les autres en les aimant ?

Pour résumer, je dirais que si la mort ne m'apprend rien d'elle, en revanche elle m'apprend beaucoup sur son pendant : la vie. Il faut vivre en acceptant les risques et surtout la gageure d'aimer son prochain, même si on peut le perdre.

Aimer est la réponse à toute chose, même à la mort. Aimer, même maladroitement, mais aimer.

La mort me rappelle sans cesse la valeur de l'existence. Pour moi, éviter la confrontation avec l'idée de la mort, refuser d'en parler, c'est se priver de vivre sa vie pleinement.

Ce parcours quotidien m'apprend aussi à respecter, quelles que soient les circonstances, les valeurs universelles que sont l'amour, le pardon, le partage, la tolérance et le respect.

D'une manière générale, la mort d'un proche nous renvoie aux vérités fondamentales. Reflet de notre propre disparition à venir, elle nous conduit à nous poser la question de notre finitude terrestre, et donc à nous interroger sur ce que nous faisons de notre vie.

Le temps nous est compté, mais on ne sait pas combien de minutes, d'heures, de jours, de mois ou d'années notre horloge personnelle va nous accorder. Il faut donc « être » et « faire », ici et maintenant.

J'ai appris à aller à l'essentiel. Le temps passé sur cette terre étant limité, il faut judicieusement l'utiliser.

Les inévitables questions

L'accompagnement ne se termine pas avec le décès de quelqu'un. Le parcours continue avec la famille, et avec des questions très pratiques que personne n'ose pourtant aborder à d'autres moments que celui-ci. J'ai déjà abordé en détail ce sujet dans un précédent ouvrage, *Au chevet des malades*.

Comment doit-on annoncer la mort d'un proche ? À quelle entreprise de pompes funèbres s'adresser ? Si cérémonie il y a, comment l'organiser ? Peut-on rapatrier le corps à la maison si la personne est décédée à l'hôpital ? Comment doit-on l'habiller et qui s'en charge ? Peut-on mettre des objets dans le cercueil ?

Les rituels, funéraires et d'inhumation, marquent le commencement d'un long parcours qui aboutira avec l'acceptation de la mort d'un être aimé. Pouvoir formuler ces questions pragmatiques est donc une étape indispensable.

Les savoirs qui se transmettaient avant, de génération en génération, et qui permettaient de répondre, de manière pratique, à toutes ces questions et à bien d'autres sont aujourd'hui très diffus. Dans mon petit village d'Alsace, chacun savait, après un décès, ce qu'il y avait à faire et à dire. Désormais, et je le vois à l'hôpital à Strasbourg, les familles éprouvées par une disparition sont totalement désemparées et, souvent, elles ne savent ce pas ce qui se passe après le décès.

Depuis près d'un demi-siècle, les pratiques, souvent très particulières suivant les régions, sont tombées en désuétude (veillées mortuaires, périodes de deuils codifiées). Comme nous l'avons vu dans cet ouvrage, l'accompagnement de fin de vie a été souvent abandonné au milieu médical, et, continuation logique, la mort est aussi devenue affaire de professionnels. Comme si l'on tentait, là encore, de dissimuler sa réalité aux vivants.

Pourtant le rituel, religieux ou non, est encore un lien, et il est indispensable pour répondre à l'angoisse et à la peine qu'engendre une mort. Il est pour les proches à la fois la continuation du dialogue avec le disparu et un lien très fort avec les autres vivants.

Le rite est aussi une invitation à se poser la question de sa propre finitude. Quand je célèbre un enterrement, je propose, à chaque fois, aux membres de l'assistance de poser la main sur le cercueil, que j'appelle « le dernier berceau humain ».

En plus de vingt ans d'accompagnement, j'ai pu me rendre compte que même les agnostiques les plus farouches se posaient, au moins un instant, la question de savoir si quelque chose se poursuivait après la mort. Même s'ils répondent finalement par la négative, c'est un domaine où le doute subsiste, y compris quand il n'est pas exprimé.

L'humanité et ses morts

La pratique la plus fréquente est l'enterrement dans un cercueil, déposé dans un caveau familial.

La crémation est en constante augmentation. Il y avait, en France, 2 100 crémations en 1975 (0,4 % des décès) ; il y en eut 80 500 en 1998 (17 % des décès).

Cette augmentation est notamment due à la levée de l'interdit catholique. En 1963, le Vatican a décidé de ne plus priver de sépulture chrétienne ceux qui se font incinérer.

Si l'on exclut leur dimension religieuse, les rites suivant la mort ne sont pas destinés aux défunts. Même s'ils ont le sentiment de rendre ainsi hommage à la personne disparue, c'est avant tout, pour les proches, une manière de faire savoir à tous combien le défunt était aimé, et aussi une façon d'entamer le processus de deuil.

Seule une exclusion de la société, engendrée par des actes extrêmes ou alors une solitude absolue, réduit ces rites au minimum.

Une préoccupation ancestrale

Les premières tombes connues à ce jour sont néandertaliennes, bien qu'il soit probable, selon certains paléontologues, que l'*Homo antecessor*, l'ancêtre de l'homme de Neandertal, ait enterré également ses morts. Très tôt donc, l'homme se différencie de l'animal en ensevelissant ses morts. Les hommes de Neandertal pratiquaient déjà l'inhumation en pleine terre.

L'apparition de ce que l'on peut considérer comme un rituel remonte au néolithique, la dernière période de la préhistoire avant l'âge du bronze, marquée par la naissance de l'agriculture et de l'élevage, la pratique de la poterie et la fabrication d'outils de pierre polie. La société se structure, sa manière de traiter la mort évolue. Les morts étaient enterrés dans une fosse, couchés sur le côté, les bras et les jambes repliés. Des vases, des perles (en os, en coquillage), des outils en silex et des bijoux étaient enfouis avec les défunts. On a retrouvé des squelettes disposés d'une manière identique, des regroupements particuliers, ce qui laisse à penser que certains rites étaient respectés après la mort.

Au paléolithique supérieur, époque de l'*Homo sapiens sapiens*, on observe encore des perfectionnements dans ces pratiques, avec des squelettes alignés et regroupés dans des lieux particuliers.

Les modes de sépulture se transforment ensuite, au gré de l'évolution de l'humanité et des religions, avec des morts ensevelis dans des chambres funéraires qui étaient recouvertes de tables de pierre ou dolmens. Il s'agit généralement de sépultures collectives, rassemblées dans des sites qui préfiguraient nos cimetières.

Les sépultures égyptiennes fascinent aujourd'hui encore. Sous l'ancien empire en Égypte, quand on ne brûlait pas les corps, on les inhumait dans des enveloppes de pierre rectangulaires : les sarcophages qui se calquaient sur la forme de la momie. Cette coutume fut adoptée par les Grecs, puis par les Romains.

En Europe occidentale, la tombe rectangulaire apparaît à partir du IVe siècle avant J.-C. Sur des sites gallo-romains et mérovingiens, on a retrouvé des sépultures composées de dalles de pierre en forme de coffre. L'incinération fut caractéristique de la civilisation gauloise. L'inhumation est arrivée par la suite avec les Romains.

Petit à petit, la mort avance avec la vie. Dans les villages, les morts voisinent avec les vivants dans les cimetières.

Ces pratiques prouvent le souci de l'humanité, dès ses balbutiements, pour ceux qui mouraient. Les rites et les coutumes liés à la mort sont très divers dans le monde, suivant les traditions et les croyances, mais ils existent partout et depuis la nuit des temps, nous prouvant notre communauté en humanité.

Mais, aujourd'hui, ces cimetières, qui étaient en d'autres temps le centre des villages, sont progressivement repoussés à la périphérie des villes et cachés derrières de hauts murs. Un peu de la même façon que la mort est dissimulée derrière les murs des hôpitaux et abandonnée aux médecins…

Les défunts qui étaient honorés lors de fêtes religieuses ou païennes dans toutes les civilisations sont aujourd'hui bannis des conversations. Les plus grands artistes ont, au cours des siècles, peint, écrit ou composé sur la mort. Désormais, les œuvres contemporaines s'y intéressent de moins en moins. Pourtant les hommes meurent toujours…

Replacer la mort dans la vie

Il serait temps maintenant, après avoir débattu ces derniers mois de la mort de manière légaliste, d'en parler enfin, tout simplement, et pas pour dire dans une conversation : « Moi, si j'étais grabataire, je voudrais que l'on m'aide à mourir… »

Je me pose souvent cette question : est-ce parce que la société moderne rejette tant la mort, la cache tant, que, pour les individus qui la composent, elle est si intolérable ?

Il faut parler de la mort, en commençant par éduquer sur le sujet. Il faut répondre, au sein des familles, quand les enfants posent des questions à ce propos. Il faudrait aussi pouvoir l'évoquer à l'école, où l'on est censé former des citoyens prêts à faire face à la vie. Pourquoi ne pas y préparer aussi des humains, capables d'aborder l'idée de la mort ?

Il faut profiter des opportunités de la côtoyer, mort d'un proche, d'une connaissance, d'un voisin, mais aussi mort médiatisée, pour réfléchir sur la signification de ces événements. Et ensuite, partager avec d'autres ces réflexions, mais aussi nos sentiments, nos angoisses et nos craintes.

Approcher la mort, la sienne ou celle des autres, provoque une succession d'émotions et de questions. Ces interrogations varient en fonction de la société dans laquelle nous vivons, de la manière dont nous regardons notre parcours de vie, de notre personnalité, en fonction aussi de la façon dont nous sommes entourés, de nos croyances philosophiques et religieuses. Mais ce qui nous influence le plus fortement est le fait que nous soyons ou non résignés à notre condition d'êtres mortels.

L'acceptation de sa propre mort et de celle des êtres que nous aimons est un processus douloureux et difficile, même quand on est aidé spirituellement.

« On peut apprendre à mourir », disait Montaigne. Sans aller jusque-là, on peut apprendre à aider, à accompagner les mourants.

Mon expérience m'a montré qu'on pouvait vraiment répondre aux quêtes des personnes en fin de vie et aider utilement leur entourage.

Il est possible d'atténuer la douleur et d'aplanir les difficultés avec honnêteté, respect et surtout avec beaucoup d'amour.

Je crois en Dieu, mais je crois aussi en l'homme. Et je pense profondément que, quelles que soient nos croyances, seul l'amour fracasse les tombeaux…

Table

Composé par Nord Compo
à Villeneuve-d'Ascq
Achevé d'imprimer sur les presses de

BUSSIÈRE
GROUPE CPI

à Saint-Amand-Montrond (Cher)
en avril 2005
pour les Éditions Presses de la Renaissance
12, avenue d'Italie
75013 Paris

N° d'édition : 0093. — N° d'impression : 051477/1.
Dépôt légal : avril 2005.

Imprimé en France